ALISTAIR MACLEAN

EINSAME SEE

Dramatische Geschichten

Deutsche Erstausgabe

WILHELM HEYNE VERLAG

MÜNCHEN

HEYNE ALLGEMEINE REIHE
Nr. 01/6772

1. Teil der unter dem Titel
THE LONELY SEA
erschienenen Ausgabe der Erzählungen
Deutsche Übersetzung von Sepp Leeb

Inhaltsverzeichnis

Die Dileas

Jetzt sind schon drei Stunden vergangen, Mr. Mac-Lean, drei Stunden – und noch immer keine Nachricht vom Rettungsboot.

Sie können sich sicher vorstellen, wie das war. Wir vier waren die einzigen Gäste in der Kneipe – Eachan selbst, Torry Mor, der alte Grant und ich. Was wir geredet haben? Nicht ein einziges Wort fiel zwischen uns, und nicht einer von uns schnupperte auch nur an dem Glas, das vor ihm auf dem Tisch stand. Dabei hatte Eachan eine frische Flasche Talisker springen lassen; auf Kosten des Hauses, hatte er dazu gesagt.

Wir saßen da wie ein Haufen Ölgötzen; Seumas Grant mit seinem ausdruckslosen Gesicht und seiner alten Pfeife, die unablässig vor sich hin qualmte, und der Rest von uns, mit verzweifelter Konzentration in die Betrachtung des Tapetenmusters vertieft. Dabei lauschten wir vor allem dem Heulen des Winds und dem Prasseln des Hagels gegen die Fensterscheiben des alten Hotels.

Das war vielleicht eine Nacht! Und das schlimmste von allem war, daß wir nichts anderes tun konnten, als zu warten. Wir bildeten also wirklich eine verdammt lustige Gesellschaft.

Ich glaube, wir zuckten alle unwillkürlich zusammen, als das Telefon klingelte. Eachan eilte an den Apparat und war im nächsten Augenblick mit einem freudestrahlenden Gesicht auch schon wieder zurück. Ein Blick auf sein breites Mondgesicht genügte, und uns überkam ein Gefühl, als hätte man den Pladda-Leuchtturm von unseren Schultern genommen.

»Jetzt haben wir aber einen kräftigen Schluck von dem Talisker verdient, meine Herren. Das war eben der Leuchtturmwärter von Creag Dearg. Die *Molly Ann* hat es noch im letzten Augenblick geschafft. Das Schiff selbst war zwar nicht mehr zu retten, aber die Mannschaft konnte noch in Sicherheit gebracht werden.«

Er schob jedem einzelnen von uns sein Glas unter die Nase, um sich dann an den alten Grant zu wenden.

»Na, Seumas, was sagst du jetzt? Die *Molly Ann* hat es gerade noch geschafft – und das, obwohl Donald Archie und Lachlan drüben in Scavaig waren. Du wirst jetzt wahrscheinlich sagen, es muß ein Wunder gewesen sein, was, Seumas?«

Die beiden waren sich nicht gerade wohlgesinnt, und das war nicht unbedingt ein Geheimnis. Überhaupt standen die meisten von uns auf Eachans Seite. Er war schon ein sehr strenger und unerbittlicher Mann, der alte Seumas Grant. Angesehen zwar und untadelig, aber es gab wohl niemanden, der so etwas wie Zuneigung für ihn verspürt hätte, ebensowenig, wie er ein solches Gefühl für uns gehabt hätte – oder überhaupt für irgend jemanden, wenn man einmal von Lachlan und Donald, seinen beiden Söhnen, absah. Für den alten Seumas ging die Sonne nur auf, um für diese beiden zu scheinen. Seine mutterlosen Söhne; für sie war sein kleines Anwesen bestimmt, sein Boot und nicht zuletzt sein ganzes Trachten und Streben. Aber ein unerbittlicher Mann, Mr. MacLean. Zurückgezogen und – wie nennt man so etwas gleich wieder? – menschenscheu. Eben ein Einzelgänger, könnte man sagen.

»Wenn jemand in einer Nacht wie dieser gerettet

wird, ist das immer ein Wunder, Eachan«, entgegnete der alte Grant mit seiner tiefen, bedächtigen Stimme.

»Aber ohne Donald und Lachlan?« ließ Eachan nicht locker. Torry, ich kann mich noch genau erinnern, rutschte verlegen auf seinem Stuhl herum, und ich senkte meinen Blick. Uns war das Ganze etwas unangenehm; es war nicht richtig, was Eachan jetzt tat.

»Auf seine Art versteht Big Neil sicher etwas von seinem Geschäft«, erklärte Grant ruhig. »Trotzdem wird er als Steuermann des Rettungsboots nie an Lachie heranreichen – er hat einfach nicht dieses Gefühl für die See...«

In diesem Augenblick flog die Tür auf, vom Sturm fast aus den Angeln gerissen. Peter the Post kam in den Raum gestolpert und stand dann in seinem schimmernden Ölzeug vor uns, nachdem er die Tür mühsam wieder zugedrückt hatte. Ein Blick auf ihn genügte, um zu wissen, daß irgend etwas ganz und gar nicht stimmte.

»Das Rettungsboot, Eachan, die *Molly Ann!*« stieß er hervor. Seine Worte überstürzten sich vor Dringlichkeit. »Schon irgend etwas von ihr gehört? Beeilung, Mann, Beeilung!«

Eachan sah ihn erstaunt an.

»Aber natürlich, Peter. Der Leuchtturmwärter hat eben angerufen. Sie liegt vor Creag Dearg und...«

»Creag Dearg! Gott steh uns bei!« Peter the Post sank auf einen der herumstehenden Stühle nieder und starrte düster ins Feuer. »Zwanzig Meilen von hier – zwanzig Meilen. Und eben ist Iain Chisholm von der Tarbert-Farm in den Ort gekommen – vier Minuten hat er mit seiner Velocette für die fünf Kilometer gebraucht –, um zu melden, daß die Buidhe-Fähre draußen im Sund ist; und sie hat schon mehrere Notsignale abgefeuert. Und die *Molly Ann* liegt vor Creag Dearg. Was ein Jammer, was ein Jammer!« Langsam wiegte Peter seinen Kopf von einer Seite zur anderen.

»Die Fähre!« sagte ich blöde. »Die Fähre! Big John muß wohl vollkommen verrückt geworden sein, in einer Nacht wie dieser auszulaufen!«

»Und höchstwahrscheinlich haben sich sämtliche Fischerboote oben bei Loch Torridon in Sicherheit gebracht«, fiel Torry bitter ein.

Darauf trat ein langes, betretenes Schweigen ein, bis der alte Grant, seine Preife immer noch mächtig qualmend, aufstand.

»Alle, bis auf meines, Torry Mor«, erklärte er und knöpfte sein Ölzeug zu. »Welch ein Glück, daß Donald und Lachie nach Scavaig gefahren sind, um sich mal dieses neue Boot anzusehen.« Er hielt inne und blickte sich langsam im Raum um. »Ich werde allerdings Hilfe brauchen.«

Wir starrten ihn nur an wie vom Donner gerührt, und als Eachan schließlich das Wort ergriff, schien er Mühe zu haben, die Worte über die Lippen zu bringen.

»Willst du damit etwa sagen, daß du bei diesem Wetter in deinem klapprigen, alten Kahn in den Sund rausfahren willst, Seumas?« stammelte er. »Vierzig Jahre hat das Boot schon auf dem Buckel – wenn es reicht. Und die Brecher rollen haushoch den Sund runter. Die haben dein Boot zu Kleinholz gemacht, bevor du überhaupt aus der Hafeneinfahrt raus bist.«

»Lachie würde jedenfalls rausfahren.« Der alte Grant starrte zu Boden. »Er ist der Bootsmann. Er würde rausfahren – und Donald würde mitkommen. Ich kann meine Jungs doch nicht enttäuschen.«

»Das ist doch glatter Selbstmord, Mr. Grant«, redete ich auf den Alten ein. »Wie Eachan schon gesagt hat – jetzt rauszufahren, kommt doch glattem Selbstmord gleich.«

»Wir müssen es trotzdem versuchen. Das sind wir den Leuten auf der Fähre schuldig.« Er griff nach seinem Südwester und wandte sich zur Tür. »Aber vielleicht schaffe ich es ja auch allein.«

Mit einem lauten Knall warf Eachan die Durchgangsklappe der Theke hoch.

»Du bist ein starrköpfiger, alter Narr, Seumas Grant«, schrie er wütend. »Du wirst für deinen Stolz noch in der Hölle braten!« Er drehte sich um und riß ein paar Flaschen Brandy aus dem Regal. »Das Zeug werden wir sicher brauchen können«, murmelte er vor sich hin, und als er dann durch die Tür stapfte, stieß er aus tiefster Kehle einen schrecklichen Fluch aus.

Die *Dileas* – das war das Boot des alten Seumas Grant – war übrigens keineswegs so schlecht, wie Eachan es hingestellt hatte. Wenn Campbell von Ardrishaig einen Loch-Fyner baute, dann verwendete er dafür nur die Balken aus der Stammitte einer Eiche. Und der alte Grant hatte noch zusätzlich Stahlstreben angebracht und einen dieser neuen Dieselmotoren eingebaut – einen Gardner mit 44 PS, soviel ich mich erinnern kann. Aber trotzdem.

Was sich auf der anderen Seite der Hafenmauer abspielte – Sie könnten es sich nicht vorstellen und werden wohl auch nie etwas Vergleichbares zu sehen bekommen, nicht einmal in Ihren schlimmsten Alpträumen. Außerdem war es bitter kalt, und die Eisnadeln, die einem mit dem Schneematsch vom Sturm ins Gesicht gepeitscht wurden, durchdrangen die Haut mühelos bis auf die Knochen.

Und erst der Sund! Mein Gott, der Sund! Die hohen Wellen waren kurz und entsetzlich steil, und sie rasten mit der Schnelligkeit von Rennpferden dahin; der ganze Sund schien wie eine einzige Fläche gequirlter Milch, die weiß aus dem pechschwarzen Dunkel hervorschimmerte, in das sonst alles ringsum getaucht war. Selbst heute noch läßt mich der Gedanke an diesen Anblick erschaudern.

Zwei Stunden lang kämpften wir dann gegen dieses Wüten an, und was haben wir während dieser zwei Stunden durchgemacht! Die *Dileas* quälte sich einen Wellenberg nach dem anderen hinauf, um dann, als stürzte sie über eine Klippe, in das nächste Wellental hinunterzurauschen, begleitet von einem Knall wie aus einem Zehn-Zentimeter-Geschütz, bis zum Dollbord vom Wasser umklammert. Und gleichzeitig konnte man das wilde Rattern der Schraube hören, die in der sturmgepeitschten Luft vergeblich Widerstand suchte. Wie die *Dileas* diese Tortur überstanden hat, weiß nur Gott – oder der Geist Campbells von Ardrishaig.

»Seht ihr was, Jungs?« Es war der alte Grant, der uns vom Ruderhaus aus zuschrie. Doch der Wind peitschte ihm die Worte sofort von den Lippen.

»Nichts zu sehen, Seumas«, brüllte Torry zurück. »Absolut nichts.«

Ich reichte den Suchscheinwerfer, einen alten Aldis, an Eachan weiter und kämpfte mich nach achtern vor. Dort stand Seumas Grant, die Hände leicht um das

Steuerrad gelegt, sein Gesicht eine Maske aus Blut – als ein riesiger, brodelnder Brecher die *Dileas* unter sich begraben und dabei das Fenster zerschmettert hatte, hatte ihm Grant nicht mehr rechtzeitig ausweichen können.

Aber die alten Augen blickten mit steterer, wachsamerer Ruhe denn je aus ihren Höhlen hervor.

»Es hat keinen Sinn, Mr. Grant«, schrie ich auf ihn ein. »Bei dem Sturm werden wir keinen Menschen hier draußen finden. Außerdem kann in diesem Chaos unmöglich jemand überlebt haben. Es ist hoffnungslos, einfach hoffnungslos, und die *Dileas* macht das nicht mehr lange mit. Wir sollten wirklich besser umkehren.«

Er sagte etwas, das ich jedoch nicht verstehen konnte. Ich beugte mich zu ihm vor. »Ich habe gerade überlegt«, sagte er, wie ein Mann, tief in Gedanken versunken, »ob Lachie wohl umgekehrt wäre.«

Als ich dann langsam rückwärts aus dem Ruderhaus trat, verwünschte ich Seumas Grant; ich verwünschte ihn wegen dieser schrecklichen Liebe für seine zwei Söhne, für Donald Archie und Lachlan. Und dann – dann spürte ich Scham, dunkle, zehrende Scham in mir aufsteigen. Und ich verwünschte mich selbst. Mühsam kämpfte ich mich wieder auf die Back vor.

Auf halbem Weg hörte ich plötzlich Eachan einen aufgeregten, schrillen Schrei ausstoßen.

»Da, Torry, schau! Backbord voraus. Da ist jemand im Wasser – nein, es sind sogar zwei!«

Als sich die *Dileas* über den nächsten Wogenkamm kämpfte, folgte ich dem Lichtkegel des Aldis. Eachan hatte recht. Backbord voraus mühten sich zwei dunkle Gestalten in den Wogen ab.

Mit drei raschen Sprüngen war ich zurück beim Ruderhaus und deutete auf die tobende See hinaus. Der alte Grant nickte nur und steuerte ganz behutsam auf die Stelle zu. Wie dieser alte Teufel mit seinem Boot umzugehen verstand! Er brauchte nur etwas zu stark abzufallen, und schon hätte es uns erwischt; wir wären von der Welle unerbittlich in die Tiefe gerissen worden. Aber dem alten Seumas unterlief nie ein Fehler.

Und dann geschah ein Wunder. Genau das, Mr. Mac-Lean – ein Wunder. Ja, es war wie damals auf dem See von Galiläa. Die Brecher rollten natürlich, versteht sich von selbst, mit unverminderter Heftigkeit und Gewalt an, aber der Sturm ließ mit einem Mal für einen kurzen Augenblick nach, so daß tödliche Stille eintrat – und durch diese Stille gellte von Steuerbord ein dünner, schriller Schrei durch das Dunkel.

Ruckartig hatte Torry den Suchscheinwerfer herumgerissen, und sein Strahl pendelte sich nach einigem unruhigen Auf und Ab schließlich auf einen Punkt ein, keine hundert Meter von uns entfernt. Erst dachte ich, es wäre nur ein Stück Treibgut, aber dann konnte ich ganz deutlich erkennen, daß es sich dabei um ein paar aneinander festgezurrte Balken und Planken handelte. Und auf diesem provisorischen Floß lagen – nein, sie waren darauf festgebunden! – zwei Kinder. Wir konnten immer wieder nur einen flüchtigen Blick auf sie erhaschen; sie wurden von der ringsum tobenden See in die Höhe gehoben, dann wieder in die Tiefe geschleudert, so daß sie hinter den gewaltigen Wellenbergen verschwanden. Die armen Kleinen. Mein Gott! Die armen Kleinen.

»Mr. Grant!« brüllte ich dem alten Seumas ins Ohr. »Wir halten direkt auf ein Floß zu – mit zwei kleinen Kindern drauf.«

Die alten Augen waren ruhig wie eh und je. Sie starrten unbeirrt geradeaus – sein Gesicht war wie versteinert.

»Ich kann unmöglich beide rausfischen«, erklärte er mit ungerührter Stimme, verflucht sei sein Herz aus Stein. »In diesem Sturm beizudrehen, würde unser Ende bedeuten; ich muß zum Wenden auf Seal Point zuhalten. Was glaubst du, Calum, ob sich die Kinder wohl noch eine Weile festhalten können?«

»Die Kinder sind mehr oder weniger am Ende«, entgegnete ich direkt. »Und außerdem halten sie sich nicht auf dem Floß fest; sie sind darauf *festgebunden*.«

Seine Augen verengten sich und zuckten für einen Moment zu mir herüber. »Festgebunden, hast du gesagt, Calum?« fragte er leise. »Festgebunden?«

Ich nickte wortlos. Und dann geschah etwas Eigenartiges, Mr. MacLean, etwas wirklich Eigenartiges. Über sein zerfurchtes altes Gesicht legte sich ein Lächeln – ich kann jetzt noch das Weiß seiner Zähne vor mir sehen, wie sie aus seinem blutverschmierten Gesicht hervorblitzten – und er nickte mehrmals, als begriffe er plötzlich und sei ganz zufrieden... Und im nächsten Augenblick gab er auch schon ganz leicht Ruder nach Steuerbord.

Das kleine Floß kam verdammt schnell auf uns zugetrieben, und wir hatten nur eine Chance, sie an Bord zu holen. Aber mit dem alten Seumas als Steuermann hatten wir keine Probleme, und mit einem gewaltigen Schwung seines kräftigen Arms hatte Torry Mor die Kinder, das Floß und alles sicher an Deck gehievt.

Wir brachten die Kleinen nach unten, worauf der alte Grant unverzüglich auf Seal Point zuhielt. Und dann schossen wir, stetig wie ein durch die Luft schnellender Pfeil, den Sund hinunter – denn in einer schweren, unnachgiebigen See reicht kein Boot auf Erden an einen Loch-Fyner heran –, aber dennoch entdeckten wir keine Spur von den beiden Männern. Eine Meile vom Hafen entfernt übergab der alte Seumas das Ruder an Torry Mor und kam nach unten, um nach den Kindern zu sehen.

Sie saßen auf einer Koje vor dem Ofen, beide in Decken gewickelt – ein neunjähriger Junge und ein blondes, sechsjähriges Mädchen. Blaß, sehr blaß waren sie, und verängstigt und erschöpft, aber wenn sie sich erst mal zu Hause in ihrem warmen Bett ordentlich ausgeschlafen hatten, würden sie wieder gesund und munter wie eh und je sein.

Leise erzählte ich dem alten Grant, was ich von ihnen erfahren hatte. Sie hatten im Schutz der Hafenmauer von Buidhe in einem kleinen Ruderboot gespielt, als es die beiden zu nahe an die Hafeneinfahrt trieb, so daß sie der Sturm auf den offenen Sund hinausriß. Aber zum Glück waren sie dabei gesehen worden, so daß ihnen zwei Männer mit der Fähre hinterhergefahren waren. Und dann konnten sie nicht mehr umkehren. An den Rest konnten sie sich nicht mehr erinnern – die armen Kleinen waren immer noch völlig verstört und zu Tode erschrocken.

Ich war kaum mit meiner Erzählung zu Ende, als auch Eachan nach unten kam.

»Der Wind läßt nach, Seumas, und auch der Seegang. Vielleicht besteht für deine zwei Jungs noch eine

Chance – wenn sie ein bißchen schwimmen können –
daß sie ans Ufer getrieben werden.«

Der alte Seumas blickte auf. Sein Gesicht war müde,
zerfurcht und – ganz plötzlich – alt.

»Das ist ausgeschlossen, Eachan, vollkommen ausgeschlossen.«

»Woher willst du das so sicher wissen?« drängte
Eachan. »Es könnte doch sein.«

»Nein, Eachan, das weiß ich ganz sicher.« Die
Stimme des alten Mannes war kaum mehr als ein Mur-
meln, Tausende von Meilen entfernt. »Was für ihren alten Vater gut genug war, war auch gut genug für Donal' und Lachie. Ich habe nie schwimmen gelernt – und
sie ebensowenig.«

Uns blieb vor Schreck die Spucke weg, kann ich Ihnen sagen. Wir sahen ihn erst ungläubig und fassungslos an, und dann entsetzt.

»Sie wollen doch...« Mir versagte die Stimme.

»Es waren Donald und Lachie – ganz sicher. Ich habe
sie selbst gesehen.« Der alte Grant starrte blicklos ins
Feuer. »Sie müssen schon früh aus Scavaig zurückge-
kommen sein.«

Eine ganze Minute verstrich, bis Eachan schließlich,
zögernd erst, das Wort ergriff.

»Aber Seumas, Seumas! Deine eigenen zwei Jungen.
Wie konntest du...«

Zum ersten und einzigen Mal verlor der alte Grant
die Beherrschung. Seine Stimme tief und wild, seine
Augen vor Schmerz und Tränen erfüllt, schnitt er ihm
das Wort ab.

»Und was hättest du an meiner Stelle getan, Eachan?
Hättest du die beiden gerettet und diese zwei Kleinen
dem Verderben preisgegeben?«

Dann, etwas beherrschter, fuhr er fort: »Begreifst du denn nicht, Eachan? Sie haben aus den letzten Trümmern Holz von der alten Fähre ein kleines Floß für die Kinder gebaut. Sie wußten genau, was sie taten – und als sie ihren Plan in die Tat umsetzten, wußten sie auch genau, daß es für sie keine Hoffnung mehr gab. Sie haben es absichtlich gemacht. Und wenn wir die beiden Kleinen nicht gerettet hätten, wäre... wäre...«

Seine Stimme erstarb, bis sie nicht mehr zu hören war, und erst nach einer Weile glaubten wir, wieder ein schwaches Wispern vernehmen zu können.

»Meine zwei Jungen, Lachie und Donal' – ach, Eachan, Eachan, ich konnte sie doch nicht enttäuschen.«

Der alte Grant richtete sich auf, griff nach einem herumliegenden Stück Stoff und wischte sich damit das Blut aus dem Gesicht – und, ich glaube, auch die Tränen aus den Augen. Dann streckte er seine beiden Arme nach dem kleinen Mädchen aus, das ganz in seine Decken gewickelt war, setzte es sich aufs Knie und lächelte es freundlich an.

»So, meine Kleine, und wie wäre es jetzt mit einem Schluck schönen heißen Kakao?«

St. Georg und der Drachen

Wenn je ein Mensch das Recht hatte, glücklich zu sein, dann hätte man denken können, es müßte George sein. Jedenfalls befand sich George in den Augen jedes halbwegs vernünftigen Menschen – besonders eines vor Durst und Hitze halb umkommenden Stadtbewohners – in diesem Augenblick auf halbem Weg ins Paradies.

Aus einem wolkenlosen Sommerhimmel brannte die heiße Nachmittagssonne herab; zu beiden Seiten glitten gemächlich die goldenen Stoppelfelder des Südens vorbei; unter seinen Füßen pulste der schlanke Rumpf seines Acht-Meter-Kabinenkreuzers; und unmittelbar vor ihm erstreckten sich die friedlichen Wasser des Lower Dipworth-Kanals – ganz zu schweigen von dem einen Monat Urlaub, der vor ihm lag. Auf halbem Weg ins Paradies? Dieser Mann befand sich bereits dort.

Dr. George Rickaby, BSc, MSc, DS. AMIEE, hielt sich jedoch selbst für den Unglücklichsten aller Sterblichen. Wie grundlegend die Welt sich doch täuschen würde, dachte er bitter, wenn sie ihn nach dem äußeren Schein beurteilte. Na und, dann hatte er eben genügend Geld, um seiner Leidenschaft für die Binnenschiffahrt zu frönen, und auch ausreichend Zeit, um sein Boot gebührend auszunützen; dann hatte er eben seinen ehemaligen Burschen vom Militär als Mädchen für alles bei sich – und dessen einziges Lebensziel war nun einmal erklärtermaßen, unter allen Umständen zu verhindern, daß George sich je überanstrengte; dann galt er eben als ein vielversprechender Mann auf dem Gebiet der Kernspaltung; dann hatte ihm eben der Minister für Wissenschaft und Forschung beim letzten Bankett vertraulich die Hand auf die Schulter gelegt und ihn mit George angesprochen.

Aller Ruhm ist vergänglich, sinnierte George trübsinnig vor sich hin, während er das Boot gerade um eine von Bäumen gesäumte Biegung des Kanals steuerte; aller Ruhm ist vergänglich. Er hielt sich jedoch vor, daß er die naiven Vorstellungen einer unwissenden Welt wohl doch nicht zu streng beurteilen durfte. Traurig betrachtete er das makellose Deck aus hellem Kiefernholz. Schließlich hatte er in den Tagen seiner Jugend genau denselben Fehler begangen. Oder eigentlich auch noch vor erst drei Monaten –

»Vorsicht! Sie rammen mich ja!«

Wie ein Messer schnitt der schrille, dringliche Schrei durch Georges trübsinnige Gedanken. Eilends richtete er sich zu seiner vollen Größe von schlaksigen eins achtzig auf, um seine Brille zurechtzurücken und durch seine dicken Gläser kurzsichtig nach vorn zu blinzeln.

»Schnell, schnell, Sie Trottel, oder es ist zu spät!«

Durch Georges Gehirn zuckte der momentane Eindruck eines Lastkahns, der, mit dem Bug am Ufer vertäut, drei Viertel der Breite des Kanals versperrte; und von seinem Heck schrie eine junge Frau wild gestikulierend auf ihn ein. All dies nahm er jedoch nur recht oberflächlich wahr. George war nicht gerade ein Mann der Tat, und seine oberen Nervenzentren waren im Augenblick wie gelähmt.

»Steuerbord, Sie Idiot, das Ruder nach Steuerbord!« gellten die verzweifelten Schreie zu ihm herüber.

Jetzt erst erwachte George wieder zum Leben und griff nach dem Steuerrad. Aber, wie gesagt, er war kein Mann der Tat. In Notsituationen waren seine Reflexe nicht gerade die besten. Er riß das Steuer zwar herum, und dies sogar mit enormem Schwung, aber er tat dies in der falschen Richtung.

In einer Meile Entfernung, auf dem Golfplatz von Upper Dipworth, schreckten ein paar Achtzigjährige kurz aus ihrem Schlaf, als das Krachen des Zusammenstoßes über die friedvollen Rasenflächen hallte. Doch sie waren sofort wieder in einen von keiner weiteren Störung getrübten Schlummer verfallen.

Am unmittelbaren Schauplatz des Geschehens auf dem Kanal nahmen die Ereignisse jedoch einen merklich hektischeren Verlauf. Von der Wucht des Zusammenpralls war die vergebliche Mahnerin, noch dazu höchst undamenhafterweise mitten im Satz, auf das Deck von Georges Kabinenkreuzer katapultiert worden, während George gleichzeitig nach vorn geschnellt war. Für den Zeitraum von zehn Sekunden starrten die beiden sich nun aus einem Abstand von einem halben Meter feindselig an.

Als erste ergriff die Dame das Wort.

»Ist das denn noch zu fassen! Sind Sie vielleicht blind, Sie... Sie... Rowdy?« legte sie wütend los. »Oder haben Sie vielleicht zu viel Sonne abbekommen?« Dies brachte sie in beißender Ironie hervor, wobei sie sich gleichzeitig mit dem Finger an die Stirn tippte.

In würdigem, aber gekränktem Schweigen erhob sich George. Diese neuerliche Ungerechtigkeit hatte den Becher seines Unglücks nun endgültig zum Überfließen gebracht. Aber er war durch eine strenge Schule gegangen. Er hoffte zu wissen, wie sich ein Gentleman benahm.

»Falls ich Ihrem Kahn oder Ihnen selbst irgendeinen

Schaden zugefügt haben sollte, bitte ich Sie hiermit in aller Form um Entschuldigung«, erklärte er kühl. »Aber Sie müssen doch wohl selbst zugeben, daß es, gelinde ausgedrückt, etwas ungewöhnlich ist, wenn auf einem Kanal ein Lastkahn mit der Breitseite im Fahrwasser liegt. Ich will damit sagen, daß man normalerweise nicht mit so etwas rechnet...«

An diesem Punkt verstummte George plötzlich. Er hatte inzwischen seine Brille zurechtgerückt, so daß er die Dame zum erstenmal richtig sah.

Und sie konnte sich wirklich sehen lassen, gestand George sich objektiverweise ein. Leuchtend rotes Haar, tiefblaue – allerdings unfreundliche – Augen, lange, goldbraune Gliedmaßen in einem ärmellosen, grünen Sweater und sehr kurzen, weißen Shorts. Einfach alles dran, mußte er schweigend feststellen.

»Was heißt hier mit der Breitseite, Sie Clown!« fuhr sie ihn wütend an. Sie wischte seine ihr hilfreich entgegengestreckte Hand ärgerlich beiseite und rappelte sich mühsam hoch. »Mit der Breitseite«, wiederholte sie noch einmal verächtlich. Dabei beugte sie versuchsweise ihr Knie. George beobachtete sie dabei mit unverhohlener Bewunderung und schien auch sichtlich erleichtert, daß sie keinen Schaden gelitten hatte.

»Sehen Sie denn nicht, daß ich das Ufer gerammt habe?« fragte sie eisig. »Das ist gerade passiert, und ich hatte noch keine Zeit, den Kahn wieder loszubekommen. Warum um alles in der Welt konnten Sie nicht achtern vorbeifahren?«

»Sie müssen entschuldigen«, entgegnete George steif, »aber immerhin liegt Ihr Kahn an einer schattigen Stelle unter den Bäumen. Außerdem – äh – habe ich gerade nicht aufgepaßt«, schloß er etwas lahm.

»Na, das haben Sie wohl wirklich nicht«, hakte die Rothaarige auch gleich nach. »Noch mehr so unfähige...«

»Jetzt reicht's aber!« erstickte George eine neuerliche Schimpftirade im Keim. »Nicht nur, daß das Ganze Ihre Schuld war, hat Ihr alter Kahn keinerlei Schaden erlitten. Aber sehen Sie sich mal meinen Bug an!« beklagte er sich bitterlich.

Die Rothaarige warf in einer entzückenden Mischung aus Zorn und Gleichgültigkeit den Kopf nach hinten, wirbelte herum und bahnte sich mit geschmeidigen Bewegungen einen Weg über den zersplitterten Bug und die verbogene Reling des Kabinenkreuzers, um an Bord des Lastkahns zu steigen. Nach kurzem Zögern folgte ihr George.

Sie drehte sich abrupt herum und griff nach der Ruderpinne, nach der sie günstigerweise nur den Arm auszustrecken brauchte. George erschien ihr Haar röter denn je. Ihre blauen Augen sprühten fast Funken vor Wut.

»Ich kann mich nicht erinnern, Sie an Bord gebeten zu haben«, erklärte sie mit einem bedrohlichen Unterton. »Verlassen Sie sofort mein Boot!«

»Ich habe Sie auch nicht an Bord gebeten«, konterte George nicht ohne eine gewisse Berechtigung. »Und ich bin nur gekommen«, fügte er vornehm hinzu, »um Ihnen jede erdenkliche Hilfe anzubieten.«

Ihr Zugriff um die Ruderpinne verfestigte sich. »Sie haben fünf Sekunden Zeit. Ich bin durchaus in der Lage, mich um mich selbst zu kümmern...«

»Sehen Sie doch!« entfuhr es George aufgeregt. »Der Ruderseilzug!« Er hob ein loses Tauende auf, das bis auf einen gerissenen Strang fein säuberlich durchtrennt war. »Jemand hat es durchgeschnitten.«

»Wie scharfsinnig«, bemerkte die Dame sarkastisch. »Glauben Sie etwa, das waren die Mäuse?«

»Sehr interessant, wirklich sehr interessant! Das Seil muß eindeutig jemand durchgeschnitten haben. Und ich nehme doch nicht an«, fügte er nachdenklich hinzu, »daß Sie zum Spaß Ruderseilzüge durchsäbeln.«

»Das tue ich allerdings nicht«, erwiderte sie bitter. »So etwas sieht Black Bart ähnlich. Der schneidet alles durch, was ihm zwischen die Finger kommt – Ruderseile, Haltetaue, Kehlen – je nachdem.«

»Bei dieser Person scheint es sich um einen höchst zwielichtigen Burschen zu handeln. Vielleicht sind Sie ihm gegenüber jedoch auch nur voreingenommen. Wer ist denn dieser Black Bart?«

»Voreingenommen!« Sie rang nach Worten. »Voreingenommen, und das einem Mann gegenüber, der meinen Vater beraubt, ihn ins Krankenhaus bringt, ihm die Aufträge wegschnappt und dann auch noch seine Lastkähne sabotiert. Im Augenblick ist er zu dem großen Lagerhaus in Totfield unterwegs, um mir die Transportaufträge für den ganzen Sommer abzujagen. Wer zuerst kommt, mahlt zuerst.«

»Jetzt machen Sie aber einen Punkt«, versuchte George sie zu beruhigen. »Piraten auf dem Lower Dipworth-Kanal – wer hätte denn so etwas schon gehört? Und das im England des Jahres 1953 am hellichten Tag. Ich bin, wie mir des öfteren bestätigt wurde, ein mehr als leichtgläubiger Mensch, aber...«

»Und sehen Sie hier vielleicht irgendwo die Polizei, um ein solches Verbrechen zu verhindern?« unterbrach sie ihn heftig. »Oder auch nur irgendwelche Zeugen dieser Tat? Wir befinden uns hier auf dem einsamsten Kanal von ganz England.«

George sah sie durch seine dicke Brille nachdenklich an. »Damit haben Sie allerdings recht. Aber zum Glück sind Sie ja nicht mehr allein. Eric – mein Helfer – und ich...«

»Daß ich nicht lache! Ich komme schon sehr gut alleine zurecht. Und jetzt sehen Sie zu, daß Sie von meinem Boot verschwinden.«

Nun platzte George aber endgültig der Kragen, und er vergaß seine gute Erziehung.

»Jetzt hören Sie mir mal gut zu, Sie Feuerkopf«, platzte er heraus. »Ich sehe wirklich nicht ein, warum...«

»Haben Sie gerade ›Feuerkopf‹ gesagt?« fragte sie mit süßer Stimme.

»Das habe ich allerdings. Und wie ich eben schon erwähnte...«

Gerade noch rechtzeitig sah er die Ruderpinne herumschwingen. Er duckte sich, stolperte dabei und suchte, mit den Armen wild durch die Luft fuchtelnd, verzweifelt Halt, so daß er rücklings in das schlammige Wasser des Dipworth-Kanals stürzte. Zum Glück konnte er mit seiner linken Hand gerade noch seine kostbare Brille festhalten. Als er wieder auftauchte, war von dem Feuerkopf nichts mehr zu sehen; statt dessen streckte ihm Eric dienstbeflissen einen Bootshaken entgegen.

Eine Stunde später tuckerte der Kabinenkreuzer in respektvollem Abstand hinter dem Lastkahn den Kanal hinunter. George, der inzwischen eine makellose Tennishose trug und immer wieder düster zu seiner Hose und seinem Pullover aufblickte, die vom Masttop schmählich im Wind flatterten, war inzwischen wieder in seine bitteren Gedanken versunken.

Frauen, brütete er finster, waren wirklich mit dem Teufel gleichzusetzen. Noch vor drei Monaten hatte es keinen glücklicheren Menschen als ihn gegeben. Und heute – eben dieser Tag hätte sein Hochzeitstag werden sollen. Zumindest hätte seine Verlobte, dachte er bitter, ihren Hochzeitstermin mit derselben Leichtigkeit verlegen können, wie sie ihre voraussichtlichen Ehemänner wechselte.

Aber Frauen waren eben keiner zarteren Gefühle fähig. Diese Rothaarige war doch hierfür wieder einmal ein neuerlicher Beweis – diese Furie, diese feuerköpfige Amazone, dieser weibliche Drachen in Engelsgestalt. Sie untermauerte wieder einmal aufs trefflichste seine alte These, daß Frauen von Grund auf ungerecht, unfair und gefühllos waren. Nicht, daß George hinsichtlich dieser Auffassung noch irgendwelcher Bestätigung bedurft hätte.

»Schleuse voraus, Sir«, rief Eric im Bug aus. »Und ein anderes Boot.«

George blinzelte gegen die untergehende Sonne an. Die Rothaarige steuerte den Lastkahn geschickt an der Kanalböschung entlang, um dann leichtfüßig, ein Tau in der Hand, an Land zu springen und den Kahn zu vertäuen. Unmittelbar hinter ihr verschwand gerade ein anderer, noch um einiges älterer Lastkahn hinter den Schleusentoren, von denen das eine bereits geschlossen war, während das andere von einem stämmigen Mann mit aller Kraft zugedrückt wurde. Bei diesem Individuum, vermutete George, konnte es sich durchaus um Black Bart handeln. Die Situation barg eine Reihe von interessanten Möglichkeiten.

»Übernimm du das Anlegen und Vertäuen, Eric«, erklärte George. »Wenn mich nicht alles täuscht, ist in diesem Fall die Anwesenheit eines Mannes von Ehre vonnöten.« Damit sprang George ans Ufer und kletterte die steile Böschung zum Schauplatz des drohenden Konflikts hinauf.

Und zu einem Konflikt kam es dort oben eindeutig, wenn er auch etwas einseitig ausgetragen wurde. Der Mann, der das Schleusentor geschlossen hatte, ein auffallend großer, dunkelhäutiger, unrasierter und insgesamt ungehobelter Bursche mit dem Gesicht eines ehemaligen Preisboxers, schob nun auch unbeirrbar das andere Tor zu, wobei er sich der wütenden Attacken der Rothaarigen wie beiläufig mit einem Arm erwehrte. Ihre Schläge schienen nicht die geringste Wirkung auf ihn zu haben. Im Hintergrund trat der schon etwas betagte und offensichtlich nachhaltig eingeschüchterte Schleusenwärter nervös von einem Bein aufs andere, ohne irgendwelche Anstalten zu machen, in diese ungleiche Auseinandersetzung einzugreifen.

»Jetzt aber mal schön ruhig, Mary, mein Mädchen«, redete der Preisboxer auf die Rothaarige ein. »Was denkst du dir eigentlich dabei, einen armen, unschuldigen Kerl wie mich einfach so zu behandeln? Das nenne ich ja schon fast eine kriminelle Handlung.«

»Laß das Schleusentor offen, Jamieson«, kreischte sie, außer sich vor Wut. »Du weißt genau, daß noch genügend Platz für zwei Kähne ist. Und dann noch andrer Leute Ruderseile durchschneiden! Wenn du hier allein durchfährst, kostet mich das mindestens eine Stunde. Du... du Schuft.« Die Rothaarige schien in leichte Verwirrung zu fallen, und so sehr sie sich auch abmühte, konnte sie diesem Prügel von einem Mannsbild nicht das geringste anhaben.

»Was du nicht sagst, meine Liebe.« Bart grinste boshaft. »Und was soll mit den Ruderseilen sein?« spielte er den Erstaunten. »Ich weiß überhaupt nicht, wovon du eigentlich redest. Und wenn du meinst, ich lasse deinen Kahn noch in die Schleuse, dann hast du dich getäuscht – und zwar gründlich.« Er schüttelte bedauernd den Kopf. »Ich riskiere doch nicht, daß du mir ein paar weitere Schrammen in meinen alten Kahn fährst.« Damit spuckte er amüsiert auf sein verbeultes Gefährt in der Schleuse unter ihnen hinunter.

»Kann ich Ihnen irgendwie behilflich sein?« mischte sich nun George in den Streit ein.

»Zieh Leine, du Saftsack«, erwiderte Bart höflich.

»Lassen Sie mich bloß in Frieden«, stöhnte auch die Rothaarige.

»So einfach lasse ich mich nicht abwimmeln. Diese Sache geht auch mich an. Hier ist ein Unrecht geschehen, und das geht jeden an. Überlassen Sie das also mir.«

Jamieson hielt in seinen Bemühungen inne und starrte George unter seinen gesenkten Augenbrauen hervor drohend an. Ohne weiter auf ihn zu achten, wandte George sich der Rothaarigen zu.

»Mary, mein Mädchen – äh – Miß, habe ich gemeint – wieso will dieser Grobian Ihren Kahn nicht mehr in die Schleuse einfahren lassen?«

»Begreifen Sie denn nicht? Weil er auf diese Weise eine Stunde Vorsprung gewinnen könnte. Sein Kahn ist wesentlich älter und langsamer, und bis zum Lagerhaus sind es noch sechzig Meilen. Er ist fest entschlossen, dort als erster aufzutauchen, und um das zu erreichen, ist ihm jedes Mittel recht.« Tränen der Wut traten in ihre Augen.

George wandte sich nun Black Bart zu.

»Öffnen Sie sofort wieder das Tor«, befahl er.

Erst kippte Barts Unterkiefer kurz nach unten, doch im nächsten Augenblick spannten sich seine Backenmuskeln bedrohlich.

»Verpiß dich, Freundchen«, zischte er George an. »Wie du siehst, habe ich zu tun.«

George nahm seine Schiffermütze ab und legte sie bedächtig auf den Boden.

»Sie lassen mir keine andere Wahl«, erklärte er entschlossen, »als brutale Gewalt anzuwenden.«

Mary fiel ihm in den Arm. Ihre blauen Augen spiegelten mit einem Mal nicht mehr Feindseligkeit wider, sondern Besorgnis.

»Bitte, lassen Sie ihn in Frieden«, flehte sie George an. »Bitte. Sie kennen diesen Mann nicht.«

»Ganz richtig. Und bitte«, äffte Bart sie spöttisch nach, »erzähl ihm doch, was ich mit deinem Vater gemacht habe.«

»Ruhe jetzt, mein Fräulein«, befahl George. »Halten Sie mal.«

Damit drückte er ihr seine Brille in die Hand und wirbelte herum. Unglücklicherweise konnte George ohne seine Brille jedoch eine Trambahn nicht von einem Heuhaufen unterscheiden. Er war jedoch im Moment zu wütend, als daß er diesem Umstand irgendwelche Bedeutung geschenkt hätte. Seine gewohnte Ruhe war schlagartig verflogen. Er tat einen raschen Schritt nach vorn und ließ blindlings seine Faust in der Richtung vorschnellen, wo Black Bart gestanden hatte, als er ihn zum letztenmal gesehen hatte.

Allerdings stand Black Bart inzwischen gar nicht mehr dort. Klugerweise hatte er bereits seinen Standort gewechselt. Außerdem hatte Black Bart zu Georges Leidwesen sehr scharfe Augen und keinerlei ritterliche Gefühle, so daß George eine mörderische Rechte hinter sein linkes Ohr pfiff. Unter dem Aspekt des dahinterliegenden Drucks und der Absicht, mit dem ihm dieser Schlag versetzt wurde, war er in keiner Weise mit dem aufmunternden Klaps zu vergleichen, den ihm erst vor kurzem der Minister für Forschung und Wissenschaft versetzt hatte. George wurde nach oben und rückwärts gerissen, segelte für einen Moment schwerelos über den Rand der Schleusenmauer und landete zum zweiten Mal binnen einer Stunde mit einem eleganten Bogen im schlammigen Wasser des Lower Dipworth-Kanals.

Mit bleichem Gesicht und am ganzen Körper zitternd stand das Mädchen ein paar Sekunden lang wie angewurzelt, um sich dann wieder auf Black Bart zu stürzen.

»Du Schwein«, kreischte sie los. »Du mieses, brutales Schwein! Du hast ihn umgebracht. Schnell, schnell – wir müssen ihn rausfischen! Sonst ertrinkt er uns noch!« Die Rothaarige war den Tränen nahe.

Doch Black Bart zuckte nur gleichgültig mit den Schultern. »Das geht doch mich nichts an«, entgegnete er kaltschnäuzig. »Er hat schließlich angefangen.«

Mary, in deren Wangen langsam wieder Farbe stieg, sah ihn fassungslos an.

»Aber... aber du hast ihn doch niedergeschlagen, so daß er ins Wasser gefallen ist. Ich habe es genau gesehen.«

»Notwehr«, erklärte Black Bart lakonisch. »Ich bin gestolpert und habe ihn dabei versehentlich ins Wasser gestoßen.« Er grinste verschlagen. »Außerdem kann ich nicht schwimmen.«

Wenige Sekunden später durchbrach ein zweites lautes Spritzen die Stille des Sommerabends. Das Mädchen war fest entschlossen, ihren Retter zu retten.

»Verschwinden Sie von meinem Kahn!« forderte sie schroff. »Ich bin auf Ihre Hilfe nicht angewiesen.«

George machte es sich jedoch auf der Gilling des Lastkahns bequem und ließ seine Blicke gemächlich den hölzernen Anlegesteg entlangwandern, an dem die drei Boote für die Nacht vertäut waren. Trotz seines unfreiwilligen Bades von vorhin schien er durchaus guter Dinge.

»Ich werde Ihr Schiff nicht verlassen«, erklärte George bestimmt und nahm einen kräftigen Zug von seiner Pfeife. »Und dasselbe gilt auch für Eric.« Er nickte mit dem Kopf in die Richtung, wo sein Begleiter gerade durch den Boden eines nach unten gekippten Bierkrugs hingebungsvoll den Nachthimmel betrachtete. »Jede junge Dame – und insbesondere eine junge Dame, die es sich zum Ziel gesetzt hat, die Geschäfte ihres Vaters weiterzuführen bedarf männlichen Schutzes. Und deshalb werden Eric und ich uns um Sie kümmern.«

»Männlicher Schutz!« stieß sie verächtlich hervor. »Auf den Schutz kann ich verzichten!« George folgte ihrem Blick zu den weißen Shorts und dem grünen Pullover, die, immer noch tropfnaß, von der Wäscheleine baumelten. »Sie könnten ja nicht einmal mit einer Schubkarre umgehen. Sie können nicht bootfahren, Sie können nicht schwimmen, Sie können sich nicht selbst verteidigen – Sie gäben wirklich einen feinen Beschützer ab.« Sie holte tief Luft und erklärte noch einmal mit Nachdruck: »Verschwinden Sie jetzt!«

»Also, in diesem Punkt muß ich Ihnen leider widersprechen, Miß«, schaltete sich nun zum erstenmal Eric ein. »Sie tun diesem Herrn eindeutig unrecht. Denn er ist bestimmt kein Feigling. Er hat sogar einen Orden bekommen.«

»Und können Sie mir vielleicht auch sagen, wofür?« fragte sie sarkastisch. »Für die Beherrschung sämtlicher Höflichkeitsregeln?«

»Eric, ich fürchte, die Dame ist etwas verstimmt«, griff George nun wieder schlichtend ein. »Und dies vielleicht durchaus mit Recht. Alle Drachen«, fügte er mehr für sich hinzu, »befinden sich in einem Zustand ständiger Gereiztheit.«

»Wie bitte?« wollte die streitbare Dame wissen.

»Ach, nichts«, entgegnete George höflich, aber bestimmt. »Wenn Sie sich jetzt bitte zu Bett begeben würden. Sie und Ihr Lastkahn haben von nun an nichts mehr zu befürchten. Eric und ich«, schloß er poetisch, »werden bis Tagesanbruch über Sie wachen.«

Mary wollte schon zu einem lautstarken Protest ansetzen, besann sich aber dann doch achselzuckend eines Besseren und wandte sich zum Gehen.

»Wie Sie wollen«, erklärte sie gleichgültig. »Und vielleicht«, fügte sie hoffnungsvoll hinzu, »holen Sie sich beide eine ordentliche Lungenentzündung.«

Darauf waren noch eine Weile leise Geräusche aus der Kabine zu hören, bis sie schließlich verstummten und das Licht gelöscht wurde. Nach und nach schwebte das sanfte Pulsen tiefen und friedlichen

Schlummers die Treppe hoch, das sich mit Sicherheit angenehmer anhörte als das unregelmäßige Schnarchen, das die beiden getreuen Wächter auf Deck von sich gaben.

Doch nicht alle Welt war in Schlaf versunken. Weit gefehlt! Black Bart und sein Helfershelfer waren nicht nur wach, sondern sogar ungewöhnlich rege. Letzterer war eben erst im Maschinenraum von Georges Kabinenkreuzer verschwunden, während Black Bart auf einem der vom Wasser umspülten Querbalken hockte, mit denen die Stützpfosten des Landestegs verstrebt waren. Um die Schulter hatte er sich etwa zwanzig Meter dünnes Drahtseil geschlungen, dessen Ende er unter der Wasseroberfläche an einem Pfosten des Landestegs befestigt hatte, während das andere Ende sich unmittelbar unter den schlafenden tapferen Kriegern um das Ruder des Lastkahns schlang. Und nun ließ er das Drahtseil behutsam im Wasser des Kanals versinken.

Am nächsten Morgen verließen George und Eric gegen sieben Uhr in aller Eile den Lastkahn. Die Bratpfanne, welche die Rothaarige über ihrem Kopf schwang, war bedrohlich genug, doch weit schlimmer noch waren ihr Spott und ihre Verachtung.

Um halb acht legte Black Barts Lastkahn ab, um jedoch nach wenigen hundert Metern Fahrt wieder anzuhalten. Jamieson wollte offensichtlich aus unmittelbarer Nähe beobachten, was nun kommen würde.

Um acht Uhr erschien Eric an Deck und fluchte lautstark über den Halunken, der sämtlichen Treibstoff aus den Tanks gepumpt und sie statt dessen mit Wasser gefüllt hatte.

Um acht Uhr zwei eilte George am Ufer entlang auf Marys Lastkahn zu, um sich von ihr etwas Treibstoff zu borgen. Er wurde jedoch mit unfreundlichen Worten und einer langen Stange unverrichteter Dinge wieder zurückgeschickt.

Um acht Uhr fünf legte Mary ab, und um acht Uhr sechs wurde unter einem entsetzlichen, splitternden Geräusch ihr Ruder aus seiner Verankerung gerissen. Der Kahn begann sich sofort zu drehen und rammte mit einem dumpfen Knirschen seinen Bug in die Ufer-böschung.

Um acht Uhr acht war George erneut dem Lastkahn hinterhergerannt und an Bord gesprungen, um der Rothaarigen seine Hilfe anzubieten. Um acht Uhr neun stieß ihn diese jedoch wieder einmal in den Kanal, um ihn um acht Uhr zehn aus dem Wasser zu fischen.

Zweihundert Meter weiter bog sich Black Bart vor Lachen über die Folgen seines Einfallsreichtums. Schließlich richtete er sich wieder auf, wischte sich die Tränen aus den Augen und machte sich auf die Fahrt zur berühmten Watman's Folly, der letzten Zwischenstation seiner Reise.

»Ich hab' mich wirklich in dir getäuscht, Alter – wirklich getäuscht, altes Haus«, lallte George betrunken. »Tut mir ehrlich leid, Bart, altes Haus. Aber du weißt ja selbst, wie das ist. Weiber! Weiber! Ahhh! Hast du gesehen, wie übel sie mir mitgespielt hat? Hm? Hast du das gesehen?« George war außer sich vor Wut.

»Klar, Doc, klar habe ich das gesehen«, pflichtete ihm Black Bart bei. Er hatte seine Zunge noch wesentlich besser unter Kontrolle. »Dieser Feuerkopf ist ein richtiges Miststück. Sei nur froh, Doc, daß du sie los bist. Tut mir übrigens leid wegen der kleinen Schramme, die ich dir gestern an der Schleuse verpaßt habe. Aber das war sowieso nur die Schuld dieser miesen, kleinen...«

»Ach, das ist doch schon längst vergessen, Bart, altes Haus, wer redet denn noch davon? Was mußte ich mich da auch einmischen? Wir sind doch Freunde, was, altes Haus?«

Die beiden neuen Freunde schüttelten sich feierlich die Hände, um sich danach jedoch sofort wieder der ernsten Aufgabe zuzuwenden, die Cider-Vorräte des örtlichen Pubs zu vernichten. Und das Zeug war verdammt stark. George schien bei diesem Wettstreit übrigens um eine Nasenlänge voraus, aber andrerseits schüttete George fast den gesamten Apfelwein in die paar Blumentöpfe, die gerade passend auf der Fensterbank zu seiner Rechten standen. Von diesem Täuschungsmanöver bekam Black Bart glücklicherweise nichts mit, wie ihm auch sonst völlig entgangen war, wie geschickt George das scheinbar zufällige Treffen arrangiert hatte – das Watman's Arms war nämlich eine von Black Barts Stammkneipen entlang des Dipworth-Kanals. Und sich ihm in freundschaftlichem Einvernehmen zu nähern war nicht weiter schwierig, nachdem Jamieson doch mit eigenen Augen gesehen hatte, wie übel George an diesem Morgen wieder einmal mitgespielt worden war. Zudem schmiß George eine Runde nach der anderen.

»Es ist übrigens schon zehn, Doc«, mahnte Bart. »Langsam wird es Zeit, sich in die Falle zu hauen.«

»Ach was«, schnitt ihm George mit einer unkontrolliert ausholenden Geste das Wort ab. »Wir sind doch erst zehn Minuten hier. Soll ich dir mal was sagen, altes Haus«, fuhr er munter fort. »Machen wir einfach durch! Na, was hältst du davon, Alter? Los, jetzt zier dich nicht so.«

Zehn Minuten später torkelten die beiden neuen Freunde am Kanal entlang. Dabei sangen sie, wie sie sich immer wieder gegenseitig bestätigten, in vollendeter Harmonie dem Kanal ein Ständchen und schwangen in jeder Hand eine Korbflasche mit Cider. Erst kamen sie an Georges Kabinenkreuzer vorbei, dann an Marys Lastkahn mit dem beschädigten Ruder – Bart wollte sich darum später kümmern – und wankten schließlich an Bord von Barts Kahn.

Barts Kahn lag nicht weit von Watmans' Folly, das wiederum nur zehn Meilen vom Lagerhaus entfernt war. Bei der Folly handelte es sich um eine sogenannte blinde Schleuse, die an beiden Enden mit Toren versehen war, wobei jedoch die hinteren Tore nirgendwohin führten. Hinter ihnen lag kein Kanal, sondern nur die grünen Wiesen des Upper Totfield Valley – der Bau des geplanten Kanals war wegen fehlender Geldmittel einfach eingestellt worden. Wie die meisten blinden Schleusen war auch Watmans' Folly durch eine Betonmauer verstärkt worden.

Barts Helfer nahm die beiden späten Besucher freudig in Empfang, und nun ging es erst richtig los. Um halb zwölf verschwand Barts Helfer unter dem Tisch. George folge ihm Viertel vor zwei, und zehn Minuten später kam dann auch noch Black Bart nach, um ihnen Gesellschaft zu leisten.

Sobald er sich vergewissert hatte, daß Bart und sein Kumpan tief und fest schliefen, kroch George unter dem Tisch hervor, klopfte sich den Staub von den Kleidern und sprang an Land. Als erstes begab er sich an Bord von Marys Kahn und pochte gebieterisch an ihre Tür.

Ein Licht ging an, und zehn Sekunden später erschien ein zerzauster Rotschopf in der Tür, unter dem hervor zwei verschlafene blaue Augen eher ängstlich nach draußen spähten. Sobald sie festgestellt hatte, um wen es sich bei dem nächtlichen Besucher handelte, wandelte sich ihre Miene von etwas, das man seltsamerweise am ehesten als Freude hätte bezeichnen können, über einen Ausdruck bloßer Erleichterung zu ungebremstem Ärger.

»Ich weiß, ich weiß«, kam ihr George zuvor. »›Verschwinden Sie von meinem Kahn!‹ Im übrigen werde ich das auch gleich tun. Ich werde«, beeilte er sich hinzuzufügen, »heute nacht nicht hier Wache halten. Ich bin nur gekommen, um Ihnen zu sagen, daß Sie sich bereit halten sollen, morgen schon in aller Frühe aufzubrechen. Ich kann mir nicht vorstellen, daß Black Bart uns in ein paar Stunden sonderlich wohlgesonnen sein wird.«

»Was reden Sie da eigentlich?« fragte sie verwundert. »Und was soll ich tun?« erkundigte sie sich argwöhnisch.

»Warten Sie einfach mal ab«, entgegnete George nicht gerade galant. »Ich mag ja vielleicht kein guter Seemann, Schwimmer oder Boxer sein, aber…«, er tippte kurz gegen seine Stirn, »möglicherweise bin ich doch zu etwas mehr zu gebrauchen, als Sie denken. Gute Nacht.«

Er kehrte zu seinem Boot zurück, um dann von dort zusammen mit Eric Black Barts Lastkahn noch einmal einen Besuch abzustatten. Sie lösten die Taue, mit denen das Boot am Landesteg vertäut war, schleppten den Kahn den Kanal hinunter, öffneten die Schleusentore der Folly, die wegen des langen Nichtgebrauchs entsetzlich kreischten und quietschten, und vertäuten den Kahn dann dahinter. Nachdem sie die Tore wieder geschlossen hatten, sägte George mit einer mitgebrachten Säge den Hebel ab, mit dem sich der Wasserzulauf regulieren ließ.

Während er noch damit beschäftigt war, machte sich Eric am Wasserablauf des blinden Endes zu schaffen. Er ließ das gesamte Wasser aus der Schleuse laufen, so daß der Lastkahn, auf dem Black Bart und sein Helfer währenddessen noch friedlich schlummerten, binnen zehn Minuten auf dem verschlammten Boden der leeren Schleuse saß. Nachdem Eric dann auch noch den Hebel, mit dem der Wasserablauf wieder geschlossen werden hätte können, abgesägt hatte, würde Black Bart mit seinem Kahn erst einmal eine Weile hier festsitzen.

Am Ende war also alles genau nach Plan verlaufen, und dennoch hätte den guten George, der ihn ersonnen hatte, um ein Haar ein nasses und frühzeitiges Ende ereilt.

George hatte nämlich doch Black Barts Trinkfestigkeit etwas unterschätzt. Als am nächsten Morgen um sieben Uhr George gerade die Leinen von Marys Lastkahn losmachte, tauchte auf der oberen Kante der Schleuse, unrasiert und mit blutunterlaufenen Augen, Black Bart auf. Außerdem war er wie ein prähistorisches Monster von Kopf bis Fuß mit Schlamm, Schlick und Morast bedeckt. Und hierbei hörte die Ähnlichkeit noch keineswegs auf. Auch Black Bart gierte nach Blut.

George fand keine Zeit mehr, sein eigenes Boot noch zu erreichen, das gerade ablegte. Fluchend und tobend wie ein Verrückter stürzte sich Black Bart wie ein Tiger auf den guten George und hieb in blinder Wut mit seinen Fäusten auf ihn ein. Aber dann sollten ihn die

Wucht und die Schnelligkeit seines Ansturms doch des Gegenstands seiner Rache berauben. Ein fürchterlicher Schlag traf Georges Schulter, so daß er wie ein Kreisel herumwirbelte und zum vierten Mal innerhalb von sechsunddreißig Stunden kopfüber in den Kanal stürzte.

George schlug im Wasser wie wild um sich, um jedoch trotzdem unweigerlich in die Tiefe zu sinken und nur nach quälend langen Intervallen unter heftigem Keuchen und Prusten für kurze Momente zum Luftholen wieder an der Oberfläche zu erscheinen. Dennoch bestand kein Grund zur Sorge. Denn ein drittes Mal tauchte nun in einem eleganten Bogen eine zierliche Gestalt in Rot, Braun und Weiß in das Wasser des Kanals, um den jetzt nur noch schwach um sich schlagenden George in Richtung Lastkahn zu ziehen, wo ihnen Eric dann an Deck half.

Zehn Minuten waren verstrichen, und George war noch immer nicht zu sich gekommen. Angesichts der Tatsache, daß Black Bart, wenn auch fürchterlich fluchend, inzwischen eine halbe Meile hinter ihnen war, hatte es George damit auch gar nicht so eilig. Sein Kopf ruhte in Marys Schoß; im Moment hätte er sich wohl kaum ein angenehmeres Ruhekissen vorstellen können. Zudem konnte er längsseits das leise Tuckern seines eigenen Kabinenkreuzers hören, wobei er jedoch tunlichst Erics vorwurfsvollen Blicken auswich.

Schließlich begann er sich versuchsweise etwas zu bewegen, und seine Lider gingen flackernd auf. Die Rothaarige saß nach wie vor reglos auf Deck und steuerte, ohne ihren nassen Kleidern irgendwelche Bedeutung zu schenken, mechanisch mit einer Hand den

Kahn. »George, George, ach George«, flüsterte sie nun in einer Weise, die in Georges Ohren wie Engelsmusik klang. Und ihre blauen Augen, die in der Regel so böse gefunkelt hatten, waren mit einem Mal von zärtlicher Besorgnis überschattet.

Ich darf nicht vergessen, Eric wegen meines Ordens entsprechend zu instruieren, dachte George in süßer Benommenheit. Mary darf auf keinen Fall davon erfahren – zumindest nicht sofort. Denn George war tatsächlich keine geringere Auszeichnung als die Georgsmedaille verliehen worden, und zwar wegen einer außergewöhnlichen Tat, mit der er sein eigenes Leben gerettet hatte. Er war in seiner Maschine, acht Meilen vor der libyschen Küste, über dem Mittelmeer abgeschossen worden und ins Meer gestürzt. Von den Folgen des Absturzes und dem Blutverlust empfindlich geschwächt, stand ihm eigentlich der sichere Tod bevor. Aber George hatte dennoch die Küste erreicht.

Und zwar hatte er jeden einzelnen Meter schwimmend zurückgelegt.

Die Arandora Star

Die *Arandora Star* hatte mit Sicherheit schon bessere Tage gesehen. Weniger als ein Jahr war seit jener Glanzzeit verstrichen, als der stolze Luxusdampfer unter der Flagge der Blue Star-Line auf seinen Kreuzfahrten noch die malerischsten und interessantesten Häfen der sieben Weltmeere angelaufen hatte.

Weniger als ein Jahr war verstrichen, seit das prachtvoll ausgestattete Schiff das letzte Kontingent finanzkräftiger Passagiere an Bord genommen, sie in einen seidenen Kokon aus unüberbietbarem Luxus gehüllt und schließlich mit aller Bequemlichkeit auf der Suche nach der Mitternachtssonne zu den Fjorden Norwegens oder in den ewigen Sommer einer strahlend blauen Karibik befördert hatte. Deckspiele, leise Musik, Filmvorführungen, rauschende Bälle zu den Klängen der Bordkapelle, das Klirren von Eiswürfeln in großen, eisbeschlagenen Gläsern, die unaufdringlichen, aber allgegenwärtigen weißlivrierten Stewards – es hatte in keiner Hinsicht an bestmöglichem Komfort und Service gefehlt, und die Besatzung hatte alles getan, ihren Passagieren den Aufenthalt in der gepflegten Atmosphäre an Bord des Luxusdampfers so angenehm und erholsam wie möglich zu machen.

Weniger als ein Jahr war seitdem verstrichen, doch nichts mehr war von alldem zu spüren. Der Wandel, dem das stolze Schiff unterzogen worden war, hatte sich als grundlegend erwiesen. Rumpf, Aufbauten und Schornstein, die einst in der Einsamkeit norwegischer Fjorde oder in dem geschäftigen Treiben mediterraner

Häfen so stolz ihre Farben zur Schau getragen hatten, waren nun mit einem Einheitsanstrich aus neutralem Grau überzogen. Die Quartiere und Aufenthaltsräume der Passagiere waren ihrer aufwendigen Möblierung beraubt und statt dessen mit grobschlächtigen Metallkojen ausgestattet worden, in denen zwei-, wenn nicht gar viermal so viele Passagiere Platz fanden wie ehedem.

Die größte Veränderung betraf jedoch die Passagiere selbst – und den Zweck ihrer Reisen. Hatte es sich dabei ehedem um ein paar hundert wohlhabende Briten gehandelt, so beherbergte das Schiff nun nicht weniger als eintausendsechshundert alles andere als begüterte deutsche und italienische Internierte und Kriegsgefangene. Und sie reisten keineswegs der Sonne entgegen, sondern verschiedenen Internierungslagern in Kanada, wo sie für die Dauer des Krieges untergebracht werden sollten.

Doch eigentlich konnten diese Internierten, bei denen es sich vornehmlich um in Großbritannien ansässige deutsche und italienische Zivilpersonen und gefangene Matrosen handelte, nicht über ihr Schicksal klagen, da sie doch dem von Bombenangriffen und Lebensmittelrationierungen heimgesuchten England den Rücken kehren konnten, um in Kanada eine neue Bleibe zu finden, wo die Lage wesentlich weniger unsicher und die Lebensmittel um einiges weniger knapp waren. Zugegebenermaßen stand ihnen auch dort ein monate-, wenn nicht jahrelanger Aufenthalt in den Internierungslagern bevor, wo der Krieg für sie in lähmender Eintönigkeit verstreichen würde, aber immerhin waren sie dort anständig gekleidet, sie mußten nicht hungern – und vor allem befanden sie sich dort in Sicherheit.

Oder zumindest stand ihnen dies in Aussicht. Zum Leidwesen sowohl der Deutschen wie auch ihrer italienischen Verbündeten schwamm die *Arandora Star* jedoch am 2. Juli 1940, zwei Tage nachdem sie von Liverpool aus in See gestochen war, irgendwo vor der Westküste Irlands durch das Blickfeld des Periskops eines deutschen U-Boots, welches den Dampfer anschließend nicht mehr aus dem Fadenkreuz seines Visiers entweichen ließ. Das war um sechs Uhr früh gewesen.

Der Torpedo traf die *Arandora Star* voll mitschiffs und wirbelte mit einer krachenden Explosion einen gewaltigen Schwall aus Wasser und weißer Gischt auf, der sich über die Aufbauten und Decks ergoß. Das Geschoß durchdrang die unbewehrte Bordwand des Schiffes ungehindert bis in den Maschinenraum. Tief im Innern des Dampfers zersplitterten und verbogen sich die querliegenden wasserdichten Schotten unter der Wucht des Aufpralls, und die gewaltigen Wassermassen, welche durch das riesige Loch in der Bordwand des Schiffs ungehindert eindringen konnten, überfluteten die *Arandora Star* mit bedrohlicher Geschwindigkeit längsschiffs, als würde ihnen durch irgendeinen bösen Zauber wie selbstverständlich der todbringende Weg gewiesen, so daß binnen kürzester Zeit unzählige Menschen von den ständig sich weiter ausbreitenden Fluten eingeschlossen und mit sich gerissen wurden, ehe sie sich nach oben in Sicherheit bringen konnten.

Ein Großteil der Besatzung fand in diesen wenigen ersten Augenblicken den Tod, bevor sie sich noch von dem anfänglichen, rein körperlichen Schock der Explosion erholen konnten, bevor sie auch nur eine ungefähre Vorstellung gewonnen hatten, aus welcher Richtung eigentlich die Gefahr drohte, die dann in Gestalt einer todbringenden Flutwelle aus schäumendem, mit Öl vermengtem Wasser über sie hereinbrach, ohne daß sie sich in der Betäubung ihres Schocks noch der unumstößlichen Tatsache hätten bewußt werden können, daß der einzige, kurze Augenblick, in dem sie sich noch in Sicherheit hätten bringen können, ein für allemal vertan war.

Einige wenige schafften es, sich aus den in Windeseile überfluteten Tiefen des Schiffs auf dem Oberdeck in Sicherheit zu bringen, wo sich bereits zu Hunderten die Passagiere zusammengedrängt hatten. Doch kaum dort angekommen, sahen sie sich binnen kurzem mit der Erkenntnis konfrontiert, daß sie hier nur eine trügerische Sicherheit vorfanden, denn die Chancen, daß sich jemand von dem rasch sinkenden Dampfer würde retten können, waren verschwindend gering.

In den Zeitungsmeldungen, in denen die britische Presse am Donnerstag, den 4. Juli, und Freitag, den 5. Juli, von der Katastrophe berichtete, herrschte hinsichtlich der Gründe für die hohen Verluste an Menschenleben ungewöhnliche Übereinstimmung. Genauer gesagt war es nur ein einziger Grund, der angeblich die Wurzel allen Übels darstellte: die unglaubliche Feigheit und Rücksichtslosigkeit der deutschen und italienischen Internierungshäftlinge, die sich unter kleinlichen nationalistischen Gesichtspunkten zu zwei feindlichen Lagern gespalten und dann erbittert um den Vortritt in den Rettungsbooten gekämpft hatten, was selbstverständlich unweigerlich zur Folge hatte, daß in diesem Chaos die Boote nicht mehr reibungslos und schnell genug zu Wasser gelassen werden konnten.

Die zeitgenössischen Pressemeldungen lassen hinsichtlich dieses Sachverhalts keine Zweifel. ›Panik zieht zahlreiche Todesfälle nach sich.‹ – ›Passagiere kämpfen um Vortritt in den Rettungsbooten.‹ – ›Kämpfe unter Internierten.‹ Diese und ähnliche Schlagzeilen prangten von den Titelseiten der Zeitungen, in denen immer wieder von der schmachvollen Panik unter den Passagieren, von dem heftigen Ansturm auf die Boote und von der Feigheit der Deutschen die Rede war, die – ›große, ungeschlachte Unmenschen, die auf jeden einschlugen und eintraten, der ihnen im Weg stand‹ – um den Vortritt bei den Rettungsbooten kämpften. Auch die Italiener seien nur darauf bedacht gewesen, zuerst die eigene Haut zu retten. Und immer wieder wurde darauf hingewiesen, wie Dutzende von Menschen gewaltsam über Bord gedrängt wurden, wie die britischen Soldaten und Matrosen wertvolle Zeit verloren – und oft sogar ihr Leben –, indem sie Ordnung in die wild um die Boote kämpfende Meute von Deutschen und Italienern zu bringen versucht hatten.

Einer Meldung zufolge hatten die Italiener in ihrer Todesangst nicht nur die Deutschen, sondern sogar ihre eigenen Landsleute in ihrem verzweifelten Überlebenskampf angegriffen; dreißig von ihnen, hieß es da, hätten sich wie verrückt darum geschlagen, ein einziges Tau hinunterrutschen zu dürfen.

Um nun unter anderem in Erfahrung zu bringen, wie weit verbreitet und unkontrollierbar die damalige Panik wirklich gewesen war, wurden erst vor kurzem einige Überlebende der *Arandora Star* interviewt. Vier dieser Personen wurden schließlich ausgewählt, da ihre Aussagen am ehesten die nötigen Voraussetzungen erfüllten, auch tatsächlich den wahren Sachverhalt unverfälscht wiedergeben zu können. Die Wahl wurde anhand vor allem zweier Gesichtspunkte getroffen: a) gehörten diese Personen unterschiedlichen Gruppierungen an Bord des Schiffes an – Besatzung, Wachmannschaften und Internierte; b) bestätigten sich ihre freiwillig und unabhängig voneinander gemachten Aussagen in höchstem Maße gegenseitig. Gewisse geringfügige Abweichungen innerhalb ihrer Schilderungen der Ereignisse ließen sich dadurch erklären, daß sich die betreffenden Personen in verschiedenen Teilen des Schiffes aufgehalten hatten und dieses auch auf unterschiedliche Weise verlassen hatten.

Diese vier sind: Mr. Sidney (›Nobby‹) Fulford, Barkeeper der *Arandora Star*, wohnhaft in der Northbrook Road 57, Southampton; Mr. Edward (›Ted‹) Crisp, Steward im Ruhestand, der neununddreißig Jahre unter der Flagge der Blue Star-Line zur See gefahren war, wohnhaft in High Road 210, North Weald, Essex; Mr. Mario Zampi, ein bekannter, in Italien geborener Filmproduzent, dessen Büros in der Wardour Street liegen; und Mr. Ivor Duxberry, ein Angestellter des Kriegsministeriums, wohnhaft in der Johnson Road 89, Heston, Middlesex.

Angesichts der zeitgenössischen Zeitungsmeldungen über das gewaltige Ausmaß der Panik und die erbitterten Kämpfe um den Zutritt zu den Booten erweisen sich die Ausssagen dieser vier Männer als außerordentlich interessant.

»Ich habe keinerlei Anzeichen einer Panik oder von gewaltsamen Auseinandersetzungen bemerkt«, erklärt Mr. Fulford kategorisch. Und da im selben Boot mit ihm sechzig Internierte die *Arandora Star* verließen, hätte er eigentlich ausreichend Gelegenheit haben

müssen, jegliche Vorkommnisse dieser Art zu beobachten. »Natürlich herrschte einige Verwirrung unter
den Passagieren, aber nichts weiter.«

Mr. Crisps Aussage stimmt mit dieser vollkommen
überein.

Mr. Zampi erklärte: »Diese Zeitungsmeldungen über
die Panik und die Kämpfe unter den Internierten waren
einfach nicht wahr. Den einzigen Vorfall, der in etwa in
dieser Richtung ging, beobachtete ich zwischen einem
Sergeant der British Army und seinen Männern; sie waren in eines der Rettungsboote gesprungen, worauf er
mehrere Schüsse auf sie abfeuerte, um sie zu bewegen,
das Boot wieder zu verlassen.«

Man könnte nun natürlich argwöhnen, daß diese
Aussage Mr. Zampis, für den es sicherlich sehr
schmerzhaft gewesen sein mußte, die tapfere Haltung
seiner Landsleute in den Pressemeldungen unmittelbar nach der Katastrophe so einstimmig in den
Schmutz gezogen zu sehen, nun ihrerseits infolge ge-
kränkten Nationalstolzes in die andere Richtung ausge-
schlagen haben könnte, um sich auf diese Weise zumindest ein wenig für die von der britischen Presse ver-
breiteten Lügen zu rächen. Diese Vermutung läge auch
insofern nahe, als diese Behauptung doch ziemlich unwahrscheinlich erscheint.

Dennoch entspricht sie bis auf eine Ausnahme absolut der Wahrheit; es war lediglich ein Corporal, und
nicht ein Sergeant, den Mr. Zampi beobachtet hatte.
Und eben dieser Corporal war, wie es der Zufall wollte,
der vierte Zeuge, der zu diesem Thema befragt wurde –
Ivor Duxberry, damals Corporal des Welsh Regiment.
Aufgrund seines bemerkenswerten Erinnerungsver-
mögens auch in Detailfragen sollte sich Mr. Duxberry

auch als der Augenzeuge erweisen, der am nachhaltigsten Licht auf die schrecklichen Ereignisse von damals zu werfen vermochte.

»Einige der Wachposten«, erinnert sich Ivor Duxberry, »mißachteten den Befehl: ›Kriegsgefangene und Internierte zuerst in die Boote.‹ Daraufhin befahl ihnen Major Bethell, der Einheitsführer der Kriegsgefangeneneinheit 109, über sein Megaphon von der Brücke aus, das Boot wieder zu verlassen. Als sie darauf nicht reagierten, erteilte er mir den Befehl, über ihre Köpfe eine Salve abfeuern zu lassen, um den Männern zu zeigen, daß er es ernst meinte.« Duxberry kam Major Bethells Befehl nach, worauf die Soldaten das Boot schleunigst verließen.

Duxberry bestätigt ebenfalls, daß an Bord keine allgemeine Panik ausbrach und daß es zu keinerlei Kämpfen unter den Internierten kam. Nur zwei Italiener, einen jungen und einen alten Mann, sah er um einen Platz in einem der Boote kämpfen. Diesem Streit wurde jedoch durch einen Deutschen ein rasches Ende bereitet, indem dieser den jüngeren von beiden mit einem Schrubber niederschlug, um dann den alten Mann an den freien Platz im Boot zu geleiten.

Abgesehen von jenem Zwischenfall kam es nirgendwo zu den erbitterten Auseinandersetzungen, von denen die Presse unmittelbar nach der Katastrophe berichtet hatte. Wie konnte es demnach also zu diesen völlig irreführenden Meldungen kommen?

Die naheliegendste Erklärung ist selbstverständlich darin zu sehen, daß die Bürger einer im Kriegszustand befindlichen Nation zwangsläufig zu einem unverbesserlichen Chauvinismus und zu einer nationalistischen Kurzsichtigkeit neigen, die erst der Frieden wieder zu heilen vermag. Jedenfalls wird unter diesen Umständen oft jede vernünftige Urteilskraft hintangestellt, so daß unsere Seite und unsere Truppen die einzig Guten und Menschlichen und Tapferen waren, während umgekehrt dem Feind alle schlechten Eigenschaften angedichtet wurden.

Aber wie so oft, ist auch in diesem Fall die naheliegendste Erklärung nicht die richtige. Zeitungsredakteure wie jene, zu deren Lasten die Veröffentlichung dieser Meldungen geht, sind nun einmal ein Menschenschlag, der wesentlich weniger für eine derart emotional geprägte und voreingenommene Sicht der Dinge anfällig ist als die meisten anderen Menschen. Als hartgesottene Realisten und Zyniker im besten Sinne des Wortes stehen sie dem fahnenschwingenden und kindisch unreflektierten Hurra-Patriotismus, der die breite Masse einer Nation in Kriegszeiten gern befällt, eher höchst skeptisch gegenüber. Ihre Aufgabe besteht vielmehr darin, Fakten zu sammeln und dann auszuwerten.

In diesem Fall erscheint es nun mehr als wahrscheinlich, daß sie ihre Informationen zusammengetragen und ausgewertet hatten, um sie jedoch nach eingehender Überprüfung schnell wieder beiseite zu legen und statt dessen auf die Schilderungen einiger schlecht informierter Überlebender zurückzugreifen, anhand derer sich ihre Meldungen etwas besser veranschaulichen ließen. Und vor allem boten sie eine willkommenere Erklärung für die außergewöhnlich hohen Verluste an Menschenleben. Sie taten dies aus einer sicher nicht unbegründeten Angst vor ihren Herausgebern, vor der Zensurbehörde und vor einer drohenden Haftstrafe – eine Möglichkeit, mit der jeder rechnen mußte, der in

Kriegszeiten so vermessen sein mochte, die Wahrheit zu sagen, sobald diese Wahrheit als eine Verletzung der nationalen Sicherheit gedeutet werden konnte, indem sie der allgemeinen Moral abträglich war und in irgendeiner Weise die Position des Feindes stärken half.

Hier sind nun die Fakten, die wahren Gründe für die erheblichen Verluste an Menschenleben:

1. Das Schiff war in erheblichem Umfang überbelegt. In diesem Punkt stimmen sämtliche Überlebenden überein. Ursprünglich – in Friedenszeiten – bot die *Arandora Star* zweihundertfünfzig Erster-Klasse-Passagieren Unterkunft. Aufgrund später vorgenommener Veränderungen der Aufbauten konnten weitere zweihundert Passagiere untergebracht werden. Am Morgen der Katastrophe befanden sich jedoch zusätzlich zur regulären Besatzung des Schiffs insgesamt eintausendsiebenhundert Internierte und Wachmannschaften an Bord der *Arandora Star*.

Ivor Duxberry begleitete seinen Einheitsführer Major Bethell, als diesem vom Kapitän des Schiffs – Captain E. W. Moulton – mitgeteilt wurde, daß er mit allem Nachdruck gegen die höchst gefährliche Überbelegung seines Schiffs protestiert und verlangt hatte, die Anzahl der Passagiere mindestens um die Hälfte zu reduzieren. Von seiten der zuständigen Behörden wurde ihm jedoch keinerlei Beachtung geschenkt. Um welche Behörden es sich dabei nun genau gehandelt hat, ist nicht bekannt; sicher ist nur, daß es sich dabei *nicht* um Frederick Leyland & Co., den Schiffseigner oder um die Blue Star-Line, die Reederei, gehandelt hat.

2. Einige der Überlebenden behaupten, daß nicht genügend Schwimmwesten zur Verfügung standen. Der Wahrheitsgehalt dieser Feststellung ist schwer nachzu-

weisen, da selbstverständlich niemand außer dem kommandoführenden Offizier und seinen unmittelbaren Untergebenen wissen kann, wo sämtliche Schwimmwesten untergebracht sind. Außer Frage steht jedoch, daß nicht an alle Passagiere Schwimmwesten ausgehändigt wurden, ob diese nun ausreichend an Bord vorhanden waren oder nicht.

In Ermangelung ausreichender Schwimmwesten ertranken jedenfalls zahlreiche Passagiere. Wenn dies auch höchst unwahrscheinlich erscheint, ist dennoch nicht ganz auszuschließen, daß Dutzende von Personen vergaßen, daß sie Schwimmwesten hatten. Gleichzeitig steht jedoch fest, daß viele von Anfang an keine Schwimmwesten zur Verfügung hatten. So besaßen zum Beispiel weder Crisp, der Steward, noch Corporal Duxberry eine Schwimmweste, wobei letzterer behauptete, daß seines Wissens nicht ein Mitglied der Wachmannschaften mit einer Schwimmweste ausgerüstet wurde. In zeitgenössischen Meldungen ist des öfteren die Rede davon, daß Offiziere der Wachmannschaften ihre Schwimmwesten Internierten zur Verfügung stellten; dabei handelte es sich allerdings um Einzelfälle.

3. Es gab viel zu wenige Rettungsboote. Die etwa zwölf verfügbaren Boote waren alt und schadhaft; ihr Fassungsvermögen betrug jeweils sechzig Personen, womit sie in ihrer Gesamtheit also nicht einmal für die Hälfte der Passagiere und der Besatzung der *Arandora Star* ausgereicht hätten. Zudem waren aus einigen Booten die Ruder, die Notvorräte und die Stopfen entfernt worden, um sie für die Internierten als Fluchtfahrzeuge unbrauchbar zu machen. Was sich die für diese Maßnahme verantwortlichen Personen wohl dabei gedacht

haben mögen, ist nicht leicht zu verstehen. Wie hätte ein Trupp von Internierten unter der ständigen Bewachung von bewaffneten Soldaten und Seeleuten ein Rettungsboot stehlen sollen? Noch aberwitziger erscheint das Ganze, wenn man sich vorstellt, wie die Flüchtlinge dann in der Dunkelheit der Nacht, während das Schiff mit voller Kraft durch die rauhe See des Nordatlantiks pflügte, ein Rettungsboot unbeschadet zu Wasser lassen hätten sollen. Jedenfalls ist kaum anzunehmen, daß die Idee zu dieser Sicherheitsvorkehrung von einem Mann gestammt haben könnte, der einigermaßen mit der Seefahrt vertraut war.

4. Allem Anschein nach ist an Bord nicht eine einzige Seenotrettungsübung durchgeführt worden. Weder Mr. Crisp noch Mr. Fulford äußerten sich zu diesem Punkt in irgendeiner Weise. Der Grund hierfür dürfte darin zu suchen sein, daß sie – verständlicherweise – ihre Gesellschaft, eine der angesehensten Reedereien der Welt, nicht in ein schlechtes Licht rücken wollten – eine bewundernswerte, wenn auch überflüssige Vorsichtsmaßnahme, da die Reederei keinerlei Schuld trifft. Solche Schweigepflicht erlegten sich jedoch weder Mr. Zampi noch Mr. Duxberry auf, zumal auch in Mr. Lafittes Buch *The Internment of Aliens* (Die Internierung von Ausländern) die Gründe für diese Unterlassung nachzulesen sind.

Es mag vielleicht durchaus naheliegend und auch angemessen erscheinen, diese Unterlassung als sträfliche Nachlässigkeit zu bezeichnen, wenn in diesem Zusammenhang der Gerechtigkeit halber auch berücksichtigt werden muß, daß sich an Bord der *Arandora Star* zahlreiche Matrosen der Handelsmarine und der U-Bootflotte befanden, bei denen es sich um überzeugte Nazis handelte und die sich möglicherweise das allgemeine Durcheinander bei einer solchen Übung zunutze hätten machen können, das Schiff unter ihre Kontrolle zu bringen.

5. Die Rettungsflöße, mit denen sich vermutlich die meisten der Passagiere hätten in Sicherheit bringen können, die in den Rettungsbooten keinen Platz mehr fanden, waren mit Draht befestigt. Diese Befestigung ließ sich nur mit Hilfe spezieller Werkzeuge lösen, deren Unterbringung oftmals einfach unbekannt war oder an die einfach nicht heranzukommen war. In der Folge gingen die meisten Rettungsflöße, unlösbar in ihren Verankerungen befestigt, zusammen mit der *Arandora Star* unter.

6. Zweifellos trugen alle oben angeführten Gründe – die Überbesetzung des Schiffes, das Fehlen von Schwimmwesten und Rettungsbooten, das Unterbleiben von Seenotrettungsübungen und die nicht aus ihrer Befestigung zu lösenden Flöße – das ihre zu den erheblichen Verlusten an Menschenleben bei. Dennoch übten alle diese Aspekte selbst in ihrer Gesamtheit nicht annähernd die verheerende negative Wirkung aus, die einem weiteren Umstand anzulasten ist, der zum Zeitpunkt der Katastrophe völlig verschwiegen worden war:

Die Decks des Schiffs waren bis zur Unkenntlichkeit von undurchdringlichen Stacheldrahtverhaus umgeben, die die *Arandora Star* in ein schwimmendes Konzentrationslager verwandelten.

»Ich hatte einige Erfahrung mit der Unterbringung von Kriegsgefangenen«, erklärte Ivor Duxberry, »aber ich habe noch nie einen sachgemäßer errichteten Stacheldrahtverhau gesehen als diesen. Diese Barrieren waren undurchdringlich; der Stacheldraht war so dicht ausgelegt, daß ein Mann nicht einmal seinen Kopf irgendwo durchbekommen hätte, ohne sich bereits ernsthafte Verletzungen zuzuziehen.

Durch diese Stacheldrahtbarrieren wurden die Decks unterteilt – *und gleichzeitig der Zugang zu den Rettungsbooten unmöglich gemacht.*«

Der Zugang zu den Rettungsbooten wurde unmöglich gemacht. Diese simple Feststellung birgt den Schlüssel für die wahre Ursache der Katastrophe, die sich auf der *Arandora Star* abspielte – durch die undurchdringlichen Stacheldrahtbarrieren wurde der Zugang zu den Rettungsbooten unmöglich gemacht. Kein Wunder also, daß jegliche Meldungen in dieser Richtung vom Sicherheitsdienst wohlweislich verhindert wurden; schließlich hätten sie für die Achsenmächte willkommenes Propagandamaterial dargestellt!

Allerdings fällt es schwer zu begreifen, weshalb die allwissenden Behörden der damaligen Zeit diesen mörderischen Stacheldrahtverhau überhaupt für nötig erachteten. Wollten sie damit etwa verhindern, daß einige der Internierten mitten auf dem Atlantik über Bord sprangen und schwimmend den nächsten Kontinent zu erreichen versuchten? Unschwer ist dagegen Captain Moultons Einstellung zu verstehen, der mit allem Nachdruck gegen die Errichtung dieser Stacheldrahtbarrieren protestierte.

»Damit schicken Sie unzählige Menschen in den sicheren Tod«, hatte er gewarnt. »Männer, die jahrelang mit mir zur See gefahren sind. Falls dem Schiff irgendein Unheil zustoßen sollte, wird durch den Stacheldraht der Zugang zu den Rettungsbooten und -flößen erheblich erschwert werden. Die *Arandora Star* wird dadurch in eine schwimmende Todesfalle verwandelt, die uns wie Ratten mit sich in die Tiefe reißen wird.«

Doch die Behörden wußten es besser als dieser Mann, der mehr oder weniger sein ganzes Leben lang auf See verbracht hatte. Der Stacheldrahtverhau blieb. Und die *Arandora Star* wurde tatsächlich zu einer schwimmenden Todesfalle.

Mit diesen höchst unglücklichen Gegebenheiten sahen sich also all jene konfrontiert, denen es doch noch gelungen war, sich aus dem Bauch des Schiffs an Deck zu retten. Doch nicht alle, welche die Folgen der unmittelbaren Explosion und den tödlichen Ansturm der daraufhin eindringenden Wassermassen überlebt hatten, sollten das Deck erreichen.

Es befanden sich viele alte Menschen an Bord, Alte und Kranke, die nie ihre Kabinen verließen, wo sie geschlafen hatten, als der Torpedo die Bordwand des Schiffs durchschlug. Und ein Großteil von ihnen kam dort ums Leben. Andere wiederum waren zu schwach, um sich einen Weg durch die überfluteten Gänge zu bahnen, oder sie verirrten sich einfach in dem labyrinthischen Dunkel des komplexen Gewirrs aus Korridoren im Bauch des großen Ozeandampfers. Edward Crisp zum Beispiel verdankt sein Leben nur der Tatsache, daß er sich in diesem Labyrinth im Innern des Schiffs auskannte wie in seiner eigenen Westentasche.

Andere wiederum erreichten zwar das rettende Deck, mußten dann aber feststellen, daß das Rettungsboot unmittelbar vor ihrer Nase durch unzählige Lagen von undurchdringlichem Stacheldraht in unerreichbare Ferne gerückt war. Darauf versuchten sie, über irgendwelche Umwege an ein leichter zugängliches Rettungsboot heranzukommen, das vielleicht nur zwanzig Meter von ihnen entfernt lag. Und dennoch wurden viele, die sich auf dem Weg dorthin noch einmal unter Deck begaben, wo die Panik und das allgemeine Gedränge ständig zunahmen und das Wasser unaufhaltsam stieg, nie wieder gesehen.

Major Bethell, der Einheitsführer der Wachmannschaften, erteilte seinen Männern den Befehl, den Stacheldraht vor den Rettungsbooten zu entfernen. (Anscheinend bestand durchaus eine Möglichkeit, mittels einer bestimmten Methode, über deren genaue Natur jedoch niemand unterrichtet war, einzelne Sektionen des Stacheldrahtverhaus relativ rasch zu entfernen.) Die Wachposten rückten dem Stacheldraht mit ihren Gewehren und Bajonetten zu Leibe – die Narben an Ivor Duxberrys Armen zeugen heute noch von diesem verzweifelten Unterfangen –, und dann setzte der Ansturm auf die Boote ein.

Aufgrund der Behinderungen durch den Stacheldraht waren die hierfür ausgebildeten Seeleute der Reederei an Bord des Schiffes nicht in der Lage, ihre Stationen für das Notwassern der Boote zu erreichen – oder zumindest nicht rechtzeitig. Edward Crisp und Taffy Williams, der Bootsmaat, erreichten schließlich ihre Station, um freilich feststellen zu müssen, daß in dem Boot bereits sechzig Deutsche und Italiener saßen. Und diese nun dazu zu bewegen, ihre Plätze noch einmal zu verlassen, damit sie das Boot zu Wasser lassen konnten, erwies sich als eine nicht gerade einfache Aufgabe, zumal alle der festen Überzeugung waren, daß die *Arandora Star* kurz vor dem Kentern stand. Nicht weit von ihnen entfernt, versuchten ein paar Internierte, die Boote selbst zu Wasser zu lassen, worauf sie, wie es Duxberry in seiner anschaulichen Sprache treffend schilderte, binnen weniger Minuten wie die gerupften Hähnchen vor einem Geflügelladen von einem der Davits baumelten.

Einige der Kriegsgefangenen, die von den Internierten getrennt untergebracht waren, erwiesen sich als wertvolle Helfer. Einer von ihnen war Kapitän Burfend von der *Adolph Wörmann*, der eine Gruppe von Männern, bei denen es sich in den meisten Fällen um erfahrene Seeleute und überzeugte Nazis handelte, in Zweierreihe auf dem Bootsdeck aufmarschieren ließ, worauf sie mit bewundernswerter Disziplin mehrere Rettungsboote zu Wasser ließen. Nazis oder nicht, ihr Verhalten entsprach jedenfalls genau den Erfordernissen der Stunde. Und ganz besonderes galt dies auch für Kapitän Burfend selbst. Nachdem er dafür Sorge getragen hatte, daß so viele Menschen wie möglich – ungeachtet ihrer Nationalität – in den Rettungsbooten, für die er vorübergehend die Verantwortung übernommen hatte, untergebracht worden waren, verzichtete er selbst auf einen Platz in einem davon und trat zurück, um mit der *Arandora Star* unterzugehen.

Obwohl es nicht genügend Rettungsboote für alle gab, wurde dies niemandem bewußt. An den meisten Stellen konnte der hinderliche Stacheldraht nicht entfernt werden, so daß sich die Menschen mit dem Mut der Verzweiflung darauf stürzten und versuchten, ihn mit den bloßen Händen zu entfernen, um jedoch binnen weniger Sekunden erkennen zu müssen, daß sie sich ohne Hoffnung auf Entkommen darin verstrickt hatten. Andere bahnten sich mit mehreren Feuerhydranten einen Weg durch den Stacheldrahtverhau, um dann – aus unvorstellbaren Gründen – noch einmal umzukehren und ihre Koffer zu holen, um dann freilich feststellen zu müssen, daß die Rettungsboote längst weg waren.

Die Überlebenden waren selbstverständlich diejenigen, welche nicht durch den Stacheldraht am Zugang zu den Booten gehindert wurden. Mario Zampi, der ein Floß zu Wasser gelassen hatte, um es jedoch gleich von einem seiner bereits im Meer treibenden Landsleute okkupiert zu finden, sprang über Bord und brach sich so ziemlich jeden Knochen im Leib mit Ausnahme des Genicks, als er mit seiner Schwimmweste auf dem Wasser aufschlug. Fulford sprang vom Bootsdeck über Bord – ein Sprung, vor dem sicher selbst so mancher erfahrene Turmspringer zurückgeschreckt wäre – und schlug dann aufgrund der enormen Höhe mit solcher Wucht auf der Wasseroberfläche auf, daß größere Mengen Öl und Salzwasser in seinen Magen und in seine Lunge gepreßt wurden; auch er zog sich infolge der Schwimmweste schwere Verletzungen zu. Edward Crisp konnte, wie gesagt, in einem Rettungsboot entkommen, während sich Ivor Duxberry an einem Tau aufs Wasser hinabgleiten ließ, um auf dem kieloben schwimmenden Rumpf eines Rettungsbootes zu landen.

Selbst als der große Dampfer dann kenterte, befanden sich immer noch Hunderte von Menschen an Bord. Die meisten von ihnen waren irgendwo eingeschlossen. Einige wagten den Sprung in die Tiefe nicht. Wieder andere, wie Captain Moulton und Kapitän Burfend, blieben aus freien Stücken an Bord des Schiffes, das zu verlassen sie sich geweigert hatten, bis nicht der letzte Passagier in Sicherheit gebracht wäre. Nur wenige der Wachsoldaten waren unter den Überlebenden. Als sie zuletzt gesehen wurden, hatten sie sich, wie ein Überlebender es schildert, in Reih und Glied auf Deck aufgestellt, um sich angeregt miteinander zu unterhalten, als warteten sie auf den morgendlichen Bus zur Arbeit. Es fällt nicht ganz leicht zu entscheiden, welche Beweggründe man dieser nonchalanten Haltung und diesem bereitwilligen Hinnehmen eines Geschicks zugrunde legen soll, das noch keineswegs so unausweichlich gewesen sein dürfte, solange sie sich nicht freiwillig selbst mit seiner Unausweichlichkeit abgefunden hatten. Jedenfalls dürfte es so gut wie unmöglich sein, diesem selbstlosen, ritterlichen Verhalten nicht die gebührende Bewunderung zu zollen.

Um halb acht Uhr früh legte sich die *Arandora Star* dann abrupt auf die Seite, so daß die seitlichen Deckabgrenzungen bereits unter die Wasseroberfläche tauchten. Und dann versank das gewaltige Schiff nach kurzem Zögern, vorübergehend in eine mächtige Wolke aus zischendem Dampf gehüllt, lautlos in der Tiefe des Atlantiks.

Das Wasser in der unmittelbaren Umgebung des kenternden Dampfers wimmelte von Menschen, die sich auf den wenigen Rettungsflößen drängten, sich an im Wasser treibenden Planken festklammerten oder, wenn sie nicht schwimmen konnten, angesichts ihrer rasch schwindenden Kräfte verzweifelt um sich schlugen, bevor sie endgültig in die Tiefe gezogen wurden. Alle wußten, was nun kommen würde; alle kämpften verzweifelt dagegen an, wenn es auch für die meisten kein Entkommen mehr gab – ein letzter, erfolgloser Tribut an den unüberwindlichen Überlebenstrieb im Menschen. Wie viele Personen nun durch den Sog der untergehenden *Arandora Star* mit in die Tiefe gerissen wurden, läßt sich heute nicht mehr feststellen. Eines steht jedoch fest: Es waren nicht mehr als diejenigen, welche, eingeschlossen von undurchdringlichem Stacheldraht oder gar hilflos in dessen unerbittlichem Dornengestrüpp zappelnd wie Fliegen in einem gigantischen Spinnennetz, mit dem Schiff selbst untergingen.

Die *Arandora Star* war gesunken, aber fast eintausend ihrer Wachmannschaften, Besatzungsmitglieder und Passagiere – hauptsächlich Deutsche und Italiener – befanden sich noch, in kleinen Gruppen oder einzeln über ein paar Quadratmeilen Atlantik verstreut, am Leben. Gnädigerweise war das Meer an jenem Morgen ruhig und fast windstill – allerdings war das Wasser bitterkalt. Es dauerte nicht lange, und die Zahl der einsamen Schwimmer und derer, die sich nur an irgendwelche Planken oder Trümmer klammerten, schwand stetig dahin. Mario Zampi verlor bis auf einen alle seiner ursprünglich sechs Gefährten, die sich alle an dieselbe Bank geklammert hatten. Ihre mitleiderweckenden Schreie nach der »Mutter«, in drei oder vier verschiedenen Sprachen immer wieder hervorgestoßen, wurden schwächer und schwächer und erstarben schließlich ganz, als die lähmende Kälte die schäbige Kleidung endgültig durchdrang und den Alten, den Kranken und den Schwerverletzten die letzte Lebenskraft raubte und den Schlag ihrer Herzen zum Erliegen brachte. Und auch diejenigen wurden immer mehr, die, von ihren Schwimmwesten an der Oberfläche gehalten, mit dem Gesicht nach vorn geneigt tot im Wasser trieben.

Gegen Mittag tauchte ein Sunderland-Flugboot an der Unglücksstelle auf. Es umkreiste das Gebiet und warf seinen gesamten Vorrat an Verbandkästen, Notrationen, Schokolade und Zigaretten ab, um dann wieder

zu verschwinden und den kanadischen Zerstörer *St.*
Laurent an die Unglücksstelle zu geleiten.

Alle Überlebenden äußerten sich ohne Ausnahme
mit Worten der höchsten Anerkennung über die be-
wunderungswürdige Selbstlosigkeit, mit der sich die
Besatzung dieses Schiffes der Rettung der Schiffbrüchigen widmete. Von den Rettungsbooten der *St. Laurent*
aus operierend, da der Zerstörer selbst ständig seine
Position wechseln mußte, um der drohenden U-Boot-
gefahr möglichst zu entgehen, suchten sie über Stunden hinweg den Atlantik ab, bis sie schließlich, längst
an den Grenzen ihrer Leistungsfähigkeit angelangt,
ohnmächtig über ihren Riemen zusammensanken.

Insgesamt konnte die Besatzung der *St. Laurent* über
achthundert Überlebende retten – eine in den Annalen
der Seenotrettung fast einzigartig dastehende Glanz-
tat, welche einen beinahe – wenn auch nur für einen
kurzen Augenblick – den Stacheldraht und die tausend
Toten vergessen lassen könnte.

Fast, aber eben nicht ganz.

Die Rawalpindi

Obwohl er die beiden nagelneuen, noch unerprobten Kreuzer zu ihrem ersten Feindeinsatz führte, und dies auch noch gleich in der dunklen, feindseligen Kälte des Winters im Nordatlantik, war Vizeadmiral Marschall so wenig von drückenden Sorgen heimgesucht, wie das ein Flottenkommandeur in Kriegszeiten nur sein kann. Wilhelmshaven fiel hinter ihm in der früh einbrechenden Dämmerung eines Novembernachmittags zurück, und die flachen Küstenstriche des Jadebusens verflüchtigten sich bereits im Nichts, ohne daß Marschall sie eines Blickes gewürdigt hätte. Er war beschäftigt, viel zu beschäftigt, um seine Zeit mit diesem sentimentalen Abschiedsgetue zu vergeuden, zumal er wußte, daß eigentlich kein Grund zur Trauer bestand. Irgenwelche unvorhergesehenen Zwischenfälle ausgenommen, würde es nur kurze Zeit dauern, bis er diese Küstenstriche erneut erblicken würde.

Und es würde zu keinerlei Zwischenfällen kommen. Dessen war sich Geschwaderkommandant Marschall sicher. Als einer der tüchtigsten und erfahrensten Schiffsoffiziere Deutschlands war sich Vizeadmiral Marschall selbstverständlich bewußt, daß in Kriegszeiten ein gewisser Risikofaktor nie ausgeschaltet werden konnte und der Zufall immer wieder unversehens eine entscheidende Rolle spielen konnte. Aber in diesem Fall war dieser Risikofaktor wirklich so gut wie unerheblich. Nicht nur, daß er in diesem Spiel die besten Karten in der Hand hatte, er hatte es auch noch mit einem Gegenspieler zu tun, dem die Augen verbunden waren.

Bereits in diesen ersten Kriegsmonaten arbeitete der deutsche Flottennachrichtendienst angesichts seiner jahrelangen, sorgfältigen Vorarbeit mit höchster Effektivität. Seine Agenten waren über ganz Großbritannien und die neutralen Länder Westeuropas verteilt – und diese Agenten waren nur bestens ausgebildete Männer. Die Vollständigkeit und Ausführlichkeit, mit der sie lebenswichtige Informationen in ihren Besitz brachten, fand ihresgleichen nur noch in der Schnelligkeit, mit der diese Informationen dann nach Berlin weitergeleitet wurden.

Das deutsche Flottenhauptquartier kannte die Position, die Geschwindigkeit, den Kurs und den Zielpunkt von fast jedem Geleitzug, der sich Großbritanniens Küsten näherte oder sich von ihnen entfernte. Es kannte die Position jedes größeren britischen Kriegsschiffs – und es wußte, daß an besagtem Tag, dem 21. November 1939, jedes größere britische Kriegsschiff in einem Hafen lag oder sich in weit entfernten Gewässern aufhielt; daß sich die *Nelson* und die *Rodney* im Clyde befanden, die *Hood* und der französische Kreuzer *Dunkerque* in Plymouth, daß ein Kreuzergeschwader in Rosyth seine Treibstoff- und Lebensmittelvorräte ergänzte und daß das einzige andere Schiff, von dem noch Gefahr hätte drohen können, der Flugzeugträger *Furious*, zusammen mit dem Schlachtschiff *Repulse* in Nova Scotia vor Anker lag. Das Flottenhauptquartier war auch informiert, daß nach der Torpedierung der *Royal Oak* in Scapa Flow durch Kapitänleutnant Günther Priens U-Boot die British Navy diesen hoch im Norden liegenden Stützpunkt überstürzt verlassen und sich in den Clyde und Forth zurückgezogen hatte, um nur noch in Loch Ewe, einem Fjord im Nordwesten Schottlands, einen kleinen, geheimen Flottenstützpunkt aufrechtzuerhalten. Geheim war dieser Stützpunkt zumindest, was die britische Öffentlichkeit und den Großteil der Royal Navy betraf; die Deutschen wußten bestens darüber Bescheid.

Natürlich bestand keine Garantie, daß diese Schiffe auch bleiben würden, wo sie sich gerade aufhielten. Doch auch in diesem Punkt machten sich die Deutschen keine großen Sorgen. Ihre Experten hatten zu diesem Zeitpunkt bereits sämtliche Geheimcodes der britischen Marine entschlüsselt, was zu dem Ergebnis führte, daß die Deutschen über die an die Kommandanten der einzelnen britischen Schiffe ausgehenden Befehle fast genauso schnell informiert waren wie diese selbst.

Nicht, daß Marschall beabsichtigt hätte, sich auf ein Gefecht mit einem größeren britischen Schiff einzulassen. In diesem Punkt hatte sich sein Vorgesetzter, Admiral Raeder, absolut unnachgiebig gezeigt. Dieser Einsatz sollte ausschließlich Testzwecken dienen, verbunden vielleicht mit dem angenehmen Nebeneffekt, die britischen Flottenbewegungen etwas durcheinanderzubringen und die britischen Patrouillen abzulenken.

Es bestand selbstverständlich die Möglichkeit, daß britische Spione vom Auslaufen des Kreuzergeschwaders Wind bekommen hatten und eine entsprechende Meldung nach London durchgegeben hatten, wenn dies auch angesichts der bisherigen schwachen Leistungen des britischen Nachrichtendienstes höchst unwahrscheinlich war. In dieser Phase des Krieges hatte sich der britische Nachrichtendienst nämlich noch als nahezu völlig unwirksam erwiesen. So war zum Beispiel die *Deutschland* nach ihrem ersten Ausflug in den Atlantik bereits seit über einen Monat wieder in der Ostsee zurück, bevor die Briten überhaupt von diesem Unternehmen erfuhren. Außerdem arbeiteten die sporadischen britischen Luftaufklärungspatrouillen über der Nordsee zum damaligen Zeitpunkt kaum effektiver als der Nachrichtendienst.

Vizeadmiral Marschall war folglich also völlig zu Recht guter Dinge, als seine beiden Schlachtkreuzer, die *Scharnhorst* und die *Gneisenau*, die Jadebucht hinter sich ließen und in die kalte, windgepeitschte Nordsee vordrangen. Eine bitterkalte Nacht, eine schlimme Nacht, die Marschall jedoch nur gelegen kam, da sich zusätzlich zu dem Umstand, daß er bereits alle Trümpfe in der Hand hielt, auch noch die Dunkelheit der langen Winternächte im Norden, die vorhergesagten schlechten Witterungsbedingungen mit den die Sicht noch zusätzlich behindernden Regenfällen und Nebelfeldern als machtvolle Verbündete erweisen würden, welche der Sicherheit seiner Schiffe nur zugute kommen konnten. Marschall rechnete mit genau achtundvierzig Stunden Fahrtzeit bis zum Erreichen der Island-Orkney-Linie der britischen Kontrabande-Abwehr.

Weitläufig über fast tausend Meilen Nordsee verstreut lagen die britischen Patrouillenschiffe in Position. Das Rückgrat dieser Patrouille bildeten ein paar Kreuzer, bei denen es sich jedoch in den meisten Fällen um überalterte Modelle der alten C- und D-Klasse handelte. Als voll einsatzfähig konnten dagegen nur vier Schiffe gelten – die *Norfolk* und die *Suffolk*, welche später den historischen Durchbruch der *Bismarck* in den Atlantik im Mai 1941 melden sollten und sich an diesem Tag übrigens in genau der gleichen Position befanden wie später an jenem denkwürdigen Tag, nämlich in der Dänemark-Straße; die *Glasgow* schließlich lag nordöstlich von den Shetland-Inseln, während die *Newcastle* der Linie zwischen den Faröern und Island den Rücken stärkte. Von diesen Schiffen wäre aufgrund ihrer Position also nur die *Newcastle* in der Lage gewesen, in den Lauf der nun kommenden Ereignisse einzugreifen, obwohl selbst sie zu weit vom Schauplatz des Geschehens entfernt war.

Die Zwischenräume zwischen diesen vier Kreuzern füllten hauptsächlich bewaffnete Handelsschiffe aus. Für die Kontrabandekontrolle – das Anhalten und Durchsuchen von Schiffen mit verbotener Ladung – erwiesen diese Schiffe sich in den wilden hohen Breiten des Atlantiks als ideal. Große ehemalige Passagierdampfer, die auch unter extrem ungünstigen Witterungsbedingungen sehr lange auf See bleiben konnten, waren sie ihrer gesamten luxuriösen Einrichtung entledigt und statt dessen mit ausreichend Geschützen bestückt worden, um mit jedem Frachter fertig werden zu können. Aber eben nur mit Frachtschiffen. Es war nie geplant gewesen, sie gegen ordnungsgemäß ausgerüstete Kriegsschiffe zum Einsatz zu bringen. In diesem Zusammenhang ist es auch interessant festzustellen, daß der erste Zug der britischen Admiralität, nachdem sie vom Durchbruch der *Scharnhorst* und der *Gneisenau* erfahren hatte, darin bestand, sämtliche bewaffneten Handelsschiffe der Nordpatrouille zurückzuziehen. Allerdings kam dieser Befehl, tragischer- aber unvermeidlicherweise, für eines dieser Schiffe zu spät. Denn erst als die *Scharnhorst* und die *Gneisenau* bereits ihre mächtigen Geschütze auf die *Rawalpindi* richteten, sollte die britische Admiralität erfahren, daß diese beiden Schlachtkreuzer, die gefährlichsten Schiffe der deutschen Marine, im Atlantik unterwegs waren.

Mit ihren 17000 Tonnen in Friedenszeiten als bereits etwas altersschwacher Passagierdampfer auf der Ostasienlinie im Einsatz, war die *Rawalpindi* eines der ersten Handelsschiffe, das mit leichten Geschützen bestückt wurde. Ihr bunter Vorkriegsanstrich war unter einem alles überdeckenden Mantel aus Tarngrau verschwunden. Die luxuriöse Inneneinrichtung war entfernt und statt dessen eine Feuerleitanlage eingerichtet worden; Deckaufbauten hatte man entfernt, um Platz zu schaffen für Munitionsmagazine und hastig eingebaute Geschütze – alte 15-cm-Geschütze, von denen jeweils auf jeder Seite vier Stück aufgereiht waren. Die Zeit hatte allerdings nicht ausgereicht, um an den ungeschützten Bordwänden und Decks irgendwelche Veränderungen vorzunehmen, zumal deren Verstärkung technisch so gut wie unmöglich gewesen wäre. Angesichts der Durchschlagskraft moderner Granaten, die selbst dickste Panzerwände durchschlugen, hätte der Rumpf der *Rawalpindi* ebensogut aus Papier sein können.

Dies wußte die Besatzung der *Rawalpindi*, um es jedoch mit einem philosophisch gelassenen Achselzucken als eine weitere Gefahr, wie sie das Leben auf See nun einmal zu Tausenden mit sich brachte, einfach hinzunehmen. Unter den 280 Offizieren und Matrosen an Bord des Schiffs befand sich nicht einer, dem die See und all die mit ihr verbundenen Gefahren nicht vertraut gewesen wäre, da es sich dabei – sowohl Alter als auch die Erfahrung betreffend – um eine recht alte Besatzung handelte. Abgesehen von den etwas mehr als fünfzig Offizieren und Matrosen, die bereits in Friedenszeiten, als die *Rawalpindi* noch Passagiere befördert hatte, auf dem Schiff gefahren waren, setzte sich die gesamte Crew aus RNVR-Leuten der Handelsmarine zusammen. Diese RNVR-Truppe rekrutierte sich aus Zivilisten, die nur in die Grundbegriffe der Seefahrt eingeweiht waren, sowie aus Reservisten und Pensionären, die nach ihrem zweiundzwanzigjährigen Dienst in den Reihen der Navy noch einmal für den Einsatz auf See eingezogen wurden. An Bord der *Rawalpindi* befand sich nicht ein aktiver Offizier oder Matrose, und dennoch stand dem Schiff ein Fundus an seemännischem Können und Erfahrung zur Verfügung, wie ihn wohl kaum ein reguläres Schiff der Royal Navy hätte vorweisen können. Die Mannschaft war mit der See und ihren Gefahren vertraut – und nahm sie hin. Die Männer an Bord der *Rawalpindi* waren sich auch sehr wohl über die sehr eng gesteckten Möglichkeiten ihres Schiffs im klaren – und auch das nahmen sie hin. Und als sie an diesem Donnerstag, dem 23. November, um drei Uhr nachmittags auf 63°40′ nördlicher Breite, 11°29′ westlicher Länge die langgezogene, schlanke Gestalt der *Scharnhorst* durch die von eisigen Regenschauern gepeitschten, fahlen Gewässer des Nordatlantiks auf sich zukommen sahen, wußten sie, daß dies das Ende war – und auch das nahmen sie hin.

Kapitän Edward Coverley Kennedy auf der Brücke, der nach siebzehn langen Jahren in der Einöde eines Lebens als unfreiwilliger Zivilist nun wieder zur See fuhr, hatte die Gefahr schon lange vor seinen Männern erkannt, und nicht weniger war er sich der damit verbundenen Folgen bewußt. Zwar identifizierte er das Schiff fälschlicherweise als die *Deutschland*, wobei es sich jedoch nur um ein Versehen akademischer Natur handelte, da er das Schiff ansonsten völlig richtig als einen deutschen Schlachtkreuzer identifizierte – 26 000 Tonnen-Ungetüme mit dreiunddreißig Zentimeter dikken Panzerplatten, neun 28-Zentimeter- und zwölf 15-Zentimeter-Geschützen, die in der Lage waren, seinen lächerlichen hundertachtzig Kilo eine Breitseite von dreitausendsechshundert Kilo entgegenzusetzen, wobei keinerlei Aussicht bestand, daß seine leichten 45-Kilo-Granaten die massive Panzerung des gegnerischen Schiffs durchdringen konnten.

Die *Scharnhorst* war noch kaum durch die undurchdringlichen Regenschwaden in Sichtnähe gerückt, als sie auch schon mit ihrer großen Signallampe die Aufforderung zum Beidrehen herüberblinkte. Das einzig Vernünftige wäre in dieser Situation gewesen, dieser Aufforderung der *Scharnhorst* nachzukommen – eine Entscheidung, an der auch im nachhinein nicht das geringste auszusetzen gewesen wäre. Aber wie im Falle vieler großer britischer Flottenkapitäne im Laufe der Jahrhunderte war auch für Kennedy Besonnenheit im Angesicht des Feindes nicht eine seiner Haupttugenden. Ihm war klar, daß er sich gegen die *Scharnhorst* weder zur Wehr setzen noch ihr entkommen konnte, aber zumindest gab es in seiner unmittelbaren Umgebung eine Reihe schützender Eisberge und Nebelbänke; und Kennedy war fest entschlossen, diese Chance zu nutzen, wenn sie auch noch so gering sein mochte. Er ließ hart Ruder geben und ordnete an, den Rückzug der *Rawalpindi* durch Rauchbomben zu decken.

Die *Rawalpindi* hatte ihr Wendemanöver noch nicht

ganz abgeschlossen, als sie von der *Scharnhorst* erneut zum Beidrehen aufgefordert wurde. Dieser Aufforderung wurde diesmal durch eine 28-cm-Granate zu zusätzlichem Nachdruck verholfen. Das Geschoß schlug dicht vor dem Bug der *Rawalpindi* ein und ließ eine schlanke, weiß schäumende Wasserfontäne von der doppelten Höhe des Hauptmasts der *Rawalpindi* in den sich verdunkelnden, regenschweren Himmel aufsteigen. Als Antwort auf diese nachdrückliche Warnung drehte Kennedy sein Schiff nur noch weiter vom Feind ab und ließ noch mehr Rauchbomben werfen.

Und dann wähnte er sich schon für einen Augenblick in Sicherheit. Steuerbord voraus tauchte mit einem Mal ein langes, dunkles Schiff mit einer gewaltig schäumenden, weißen Bugwelle aus dem strömenden Regen auf. Das muß einer unserer Kreuzer sein, durchzuckte es Kennedy im Triumph, vermutlich sogar die *Newcastle*. Und er erteilte Befehl, direkt auf diesen sicheren Hort zuzuhalten. Doch als ihn schon im nächsten Augenblick die bittere Erkenntnis erteilte, daß es sich dabei um die *Gneisenau*, das Schwesterschiff der *Scharnhorst*, handelte, war es bereits zu spät. Dieser Neuankömmling bedeutete nicht Rettung aus höchster Not, sondern den sicheren Untergang.

Selbst diese letzte eine Chance unter tausenden war verspielt. Nun gab es für die *Rawalpindi* kein Entkommen mehr, und Kennedy war klar, daß die beiden Schlachtkreuzer seinem altersschwachen Schiff binnen weniger Minuten den Todesstoß versetzen konnten. Es würde nicht einmal andeutungsweise zu einem Gefecht kommen. Kennedy hätte die Sprengladungen zum Versenken des Schiffs anbringen lassen und sich dem Feind in Ehren ergeben können; wäre es ihm daraufhin gelungen, wieder britischen Boden zu betreten, wäre ihm sicher bedenkenlos sofort ein anderes Schiff anvertraut worden.

Doch Aufgeben war ein Wort, das es in der sich über zweihundert Jahre erstreckenden Familiengeschichte der Kennedys, die stets in engem Zusammenhang mit der Royal Navy gestanden hatte, nicht gab, und Kennedy war bestimmt nicht der Mann, der selbst in dieser verzweifelten Lage auch nur einen Gedanken an diese Möglichkeit verschwendet hätte, und dies ungeachtet der Tatsache, daß es wohl kaum einen Kapitän der Royal Navy gab, welcher der Flottenführung weniger verpflichtet gewesen wäre, da er nämlich im Jahr 1922 aufgrund einer geradezu grotesk ungerechten Anklage vor ein Kriegsgericht gestellt und trotz seiner hervorragenden Leistungen im darauffolgenden Jahr vom Dienst suspendiert worden war, um erst 1939, in der Stunde der Not, wieder mit der Führung eines Schiffes betraut zu werden. Doch über Kennedys Gedanken und Gefühle zum damaligen Zeitpunkt können wir nur Vermutungen anstellen. Mit Sicherheit wissen wir lediglich, was er gesagt hat, als die beiden deutschen Schlachtkreuzer zum Todesstoß auf die *Rawalpindi* ansetzten: »Dann nehmen wir es eben gegen beide auf.« Da es sich dabei um das Todesurteil für ein großes Schiff und Hunderte von Seeleuten handelte, läßt sich wohl kaum eine lakonischere Feststellung denken.

Und er nahm es gegen beide auf. Dreimal forderte ihn die *Scharnhorst* auf, sich zu ergeben, um freilich beim dritten Mal gleich die entsprechende Antwort in Form einer Salve zu erhalten, die allerdings ihr Ziel knapp verfehlte. Gleichzeitig wurde jedoch die *Gneisenau* mittschiffs von einer weiteren Salve der *Rawalpindi* getroffen, worauf die beiden deutschen Schlachtkreuzer sofort das Feuer auf das britische Schiff eröffneten, was für dieses nur mit verheerenden Folgen verbunden sein konnte.

Die erste Salve der *Scharnhorst* schlug in die hohen Aufbauten der *Rawalpindi* ein. Das Bootsdeck wurde fast vollständig zerstört und fast alle auf der Brücke Anwesenden getötet; Kapitän Kennedy jedoch überlebte. Unmittelbar darauf schlug eine weitere Salve von 28-cm-Geschossen, diesmal von der *Gneisenau*, in der Feuerleitanlage der *Rawalpindi* ein, die damit jeder zentralen Kontrolle der einzelnen Geschütze entbehrte. Dennoch stellten die sieben Geschütze – eines war bereits zerstört worden – das Feuer nicht ein; vielmehr feuerten sie unabhängig voneinander weiter.

Die mittschiffs ausgebrochenen Brände breiteten sich bereits bedrohlich aus, als eine weitere Salve die dünnen Bordwände des alten Passagierdampfers durchschlug und tief in seinem Innern explodierte. Unter anderem wurde dabei der Maschinenraum in die Luft gesprengt und sämtliche Dynamos vollständig zerstört. Und dieser Treffer war es auch, der dem Schiff den Todesstoß versetzen sollte. Ohne die Dynamos kam die gesamte Stromversorgung zum Erliegen – und die Aufzüge von den Munitionsmagazinen wurden elektrisch betrieben.

Kennedy gab noch immer nicht auf. Von der völlig zerstörten Brücke aus erteilte er an sämtliche verfügbaren Besatzungsmitglieder den Befehl, die Granaten von Hand an Deck zu reichen und sie über die schwankenden, unter ständigem Beschuß liegenden Decks auf die einzelnen Geschütze zuzurollen, welche noch funktionstauglich waren. Inzwischen traf das nur noch auf fünf zu.

Die dem feindlichen Beschuß schutzlos ausgelieferten Decks der *Rawalpindi* wurden nun zum Schauplatz eines fürchterlichen Blutbades, während Kennedys Männer verzweifelt versuchten, die wartenden Geschütze mit neuer Munition zu versorgen. Einige von ihnen wurden auf der Stelle getötet, so daß die von ihnen herbeigeschafften Granaten, den Bewegungen des Schiffs folgend, von einer Seite auf die andere rollten, während sich gleichzeitig das Feuer an Bord immer mehr ausbreitete und die Platten der Oberdecks von der Hitze der im Innern tobenden Brände bereits rot zu glühen begannen. Andere Männer gaben, obwohl schwer verwundet, nicht auf. Ein besonders tapferer Matrose, dem in tödlicher Verwundung beide Beine zerschmettert worden waren, schleppten sich, eine Granate in seinem einen unverletzten Arm, mit letzter Kraft über das Deck, um dann blindlings nach der Ladeöffnung des Geschützes zu tasten, das er in dem allgegenwärtigen Qualm nicht mehr sehen konnte. Und dabei fluchte er ständig vor sich hin, daß er es denen schon noch zeigen würde.

Das Gefecht verlief grotesk einseitig. Immer noch schlugen die Geschosse in die sterbende *Rawalpindi* ein, deren Ende dicht bevorstand. Frei auf Deck herumrollende Granaten stürzten in die Flammen, um dann im Bauch des Schiffes zu explodieren. Mit Ausnahme der Back und des Achterdecks war die *Rawalpindi* schließlich nur noch ein einziges Flammenmeer. Eines nach dem anderen verstummten ihre Geschütze, sei es, daß sie durch eine Salve außer Gefecht gesetzt worden waren, die Geschützbedienungen ihren Tod gefunden hatten oder die Munitionsversorgung, durch undurchdringliche Flammenwände abgeschnitten, endgültig zum Erliegen gekommen war.

Der *Rawalpindi* war somit jede Möglichkeit zur Gegenwehr genommen. Dennoch vermochte der sechzigjährige Kapitän des Schiffes sich noch immer nicht mit dem Gedanken der Niederlage abzufinden. Er verließ die Brücke und tastete sich durch die zerfetzten Überreste der Aufbauten seines Schiffs zum Achterdeck vor; wenn es ihm nur gelang, ein paar Rauchbomben auszuwerfen, konnte er vielleicht immer noch mit der *Rawalpindi* entkommen. Sein Schiff war leckgeschossen und im Sinken begriffen, es war bis zur Irreparabilität zerschossen worden und stand unmittelbar vor dem Untergang, seine Geschütze waren außer Gefecht gesetzt, seine Mannschaft dezimiert, und dennoch gab Kapitän Kennedy den Kampf ums Überleben nicht auf. Solch unbezähmbarer Widerstandswille, solche Unnachgiebigkeit, auch wenn schon alles verloren war, übersteigt wohl jegliches menschliche Begriffsvermögen.

Kapitän Kennedy verschwand im Rauch und in den Flammen und fand dort den Tod.

Das Schiff und seine Besatzung, die der *Rawalpindi* und ihrem Kapitän bis zuletzt so aufopferungsbereit gedient hatten, sollten Kennedy mit Ausnahme einiger weniger Seeleute nicht lange überleben. Eine weitere Salve der *Scharnhorst* versetzte dem Schiff den Gnadenstoß. Unter gewaltigem Krachen schoß eine riesige, weiße Stichflamme hoch in den dämmernden Abendhimmel empor, als das Hauptmunitionsmagazin explodierte und die *Rawalpindi* beinahe mitten entzweiriß.

Nun verstummten die Geschütze der *Scharnhorst* und der *Gneisenau*; jede weitere Salve wäre nur noch Muni-

74

tionsverschwendung gewesen. Die Handvoll Männer, die an Bord der *Rawalpindi* noch am Leben waren, hatten nur noch die Wahl zwischen einem Tod in den Flammen des brennenden Schiffs oder im eisig kalten Wasser der Nordsee, das langsam, aber unaufhaltsam an den zerfetzten Bordwänden der sinkenden *Rawalpindi* hochstieg.

Fast wie durch ein Wunder überstanden zwei der Rettungsboote den erbitterten Beschuß durch die Deutschen unbeschadet, und die wenigen Überlebenden an Bord, die dazu noch in der Lage waren – insgesamt siebenundzwanzig Mann –, ließen die zwei Boote schleunigst zu Wasser und ruderten verzweifelt von der lichterloh brennenden *Rawalpindi* weg; denn jeden Augenblick konnte sich eine neuerliche Explosion ereignen, die das Schiff endgültig in die Tiefe gerissen hätte und damit auch die Rettungsboote in seinem Sog auf den Meeresboden hinabgezogen hätte.

Diese Männer, die von den deutschen Schiffen an Bord genommen wurden, waren mit Ausnahme einer Handvoll weiterer Seeleute, die am darauffolgenden Morgen gerettet werden konnten, die einzigen Überlebenden. Die restliche Besatzung der *Rawalpindi* war entweder im Granatfeuer der deutschen Schlachtkreuzer umgekommen, der Feuerhölle des brennenden Schiffs zum Opfer gefallen oder, unter Deck eingeschlossen, in dem stetig steigenden Wasser ertrunken. Einige Seeleute, welche die Rettungsboote nicht mehr erreichen konnten, sprangen über Bord und suchten verzweifelt nach irgendwelchen Wracktrümmern, um sich für ein paar Momente zweifelhafter Sicherheit solange daran festzuklammern, bis die lähmende Kälte endgültig ihren Tribut forderte und ihre Herzen zum

Stillstehen brachte. Und dann waren da noch die vielen Männer, welche, über die Decks und die Korridore und Räumlichkeiten unter Deck verstreut, zu schwer verletzt waren, um sich noch in Sicherheit bringen oder um Hilfe rufen zu können; sie saßen oder lagen einfach stumm da und warteten auf das erlösende Ende in dem stetig steigenden, eiskalten Wasser, das sie nach kurzem Todeskampf von ihren Schmerzen befreien sollte.

Zweihundertvierzig Mann gingen mit der *Rawalpindi* unter, wobei es angesichts des Muts der Verzweiflung, mit dem sie ihrem Schiff und seinem Kapitän gedient hatten, vielleicht gar nicht einmal zu weit hergeholt wäre, davon auszugehen, daß es für einige von den Seeleuten, die noch am Leben waren, als um acht Uhr abends die Wasser der Nordsee über dem Schiff zusammenschlugen, keinen geringen Trost bedeutet haben mag, daß ihnen, wenn sie schon mit ihrem Schiff untergehen mußten, keine größere Ehre zuteil werden konnte, als dies zusammen mit ihrem unvergleichlichen Kapitän Edward Kennedy zu tun.

Der Untergang der Bismarck

1. Teil

Ein gutes Stück südlich des Polarkreises, an den großen Handelsschiffahrtsrouten des Atlantik, ersterben die schweren Weststürme zu einem Wispern, und dann scheint die warme Sonne auf die sanfte Dünung herab. Hoch im Norden, in der lähmenden Kälte der Barentssee, dehnen sich einen endlosen Tag nach dem anderen unermeßliche Wasserflächen von fast unglaublicher Stille, die See milchigweiß und glatt, so weit das Auge reicht. Aber zwischen diesen beiden Meeresflächen breiten sich entlang des Polarkreises die gefürchtetsten Gewässer der Welt um den Erdball aus; und hier wiederum gibt es kein Gewässer, das der Mensch mit seinen Schiffen unter größeren Gefahren zu durchqueren hätte, als den von ständigen schweren Stürmen heimgesuchten Abschnitt zwischen Island und Grönland, der als Dänemark-Straße bezeichnet wird.

Angefangen mit den wagemutigen Wikingern vor tausend Jahren bis herauf zu den heutigen isländischen Fischern haben Schiffe die Überquerung dieses Gewässers gewagt, wenn sie dazu auch immer durch dringlichste Notwendigkeit gezwungen waren. Und wenn einmal der Punkt gekommen war, an dem ihnen keine andere Wahl mehr blieb, dann waren sie auch unverzüglich in See gestochen. Kein Mensch, kein Schiff hat die Risiken dieser Route je aus freier Wahl auf sich genommen, und es kam nicht sehr häufig vor, daß doch wieder ein paar Männer und Schiffe gezwungen waren, dieses Wagnis auf sich zu nehmen. Und nun ging im Mai des Jahres 1941 für zwei Schiffe mit mehreren hundert Mann an Bord die längste Wache zu Ende, die je ein Mensch in diesen dunklen und gefährlichen Gewässern gehalten hat.

Die Besatzung der britischen Kreuzer *Suffolk* und *Norfolk* war erschöpft und ausgelaugt; die Grenzen ihrer Leistungsfähigkeit waren erreicht. Sie hatten viel zu lange Wache gehalten. Schon ein einziger Wintertag in der Dänemark-Straße mit seinen zwanzig Stunden undurchdringlicher Finsternis, mit dem eisigen Wind, der von den kahlen Eisflächen Grönlands herüber den Schnee durch die Luft peitscht und das Schiff mit zermürbender Unablässigkeit in endlosem Auf und Nieder durchschüttelt, erscheint einem ein ganzes Leben lang – ein Alptraum ohne Ende. Und die *Norfolk* und die *Suffolk* hatten sich dort ohne Unterbrechung den ganzen harten Winter 1940/41 und den Frühling 1941 aufgehalten, immer auf der Hut, immer auf der Ausschau nach irgendwelchen feindlichen Aktivitäten, und währenddessen ständig umgeben von den schrecklichen Unbilden der Natur. Und die Anspannung des Wartens, der ständigen Wachsamkeit, war keinen Augenblick von den Männern an Bord gewichen.

Aber inzwischen hatte der Sommer, oder was man in der Dänemark-Straße Sommer nennt, Einzug gehalten, so daß man nicht mehr ausschließlich mit dem reinen Kampf ums Überleben beschäftigt war. Sicherlich stach die Kälte nach wie vor beißend durch die dicke Polarkleidung; das Packeis von den Küsten Grönlands zog nur ein oder zwei Meilen entfernt an den Bordwänden der Schiffe vorbei; und nicht weniger gefährlich nahe waren die Nebelbänke im Osten entlang der Küste Islands herangerückt; aber zumindest war die See ruhig, der Schnee hatte aufgehört, und das Dunkel der endlosen Winternächte war verflogen. Geradezu paradiesische Zustände im Vergleich zu den harten Monaten, die sie hinter sich hatten! Dennoch war die allgemeine Anspannung im Vergleich zu den zurückliegenden Monaten plötzlich noch einmal um ein erhebliches Maß bis zum Zerreißen angestiegen.

Und in dieser Situation, am Abend des 23. Mai 1941, kurz nach sieben Uhr, lastete der Druck dieser allgemeinen Anspannung mit seiner vollen Last auf einem einzigen Mann – Kapitän R. M. Ellis auf der Brücke seines Kreuzers *Suffolk*. Er hatte sich nun schon zwei Tage lang ohne Unterbrechung auf der Brücke aufgehalten, und obwohl er möglicherweise noch einmal so lange dort bleiben würde, wenn nicht sogar noch länger, ließ seine angespannte Wachsamkeit nicht einen Augenblick in ihrer Intensität nach. Zu viel hing von seiner Person ab. Zwar lag die Verantwortung für das Geschwader in den Händen von Konteradmiral Wake-Walker auf seinem Flaggschiff *Norfolk*, aber die *Norfolk*, wenn auch nicht weit entfernt, fuhr im Schutz des alles verhüllenden Nebels gen Süden. Die eigentliche Verantwortung lag also ganz in den Händen von Kapitän Ellis, und es war eine schwere, erdrückende Bürde, die auf seinen Schultern lastete. Nur zu leicht hätte ihm ein Fehler unterlaufen können, ohne daß ihn dafür irgendwelche Schuld getroffen hätte, und dennoch wagte er es nicht einmal, an die verheerenden Folgen eines solchen Versagens auch nur zu denken. Großbritannien hatte bereits schwere Verluste erlitten. Noch eine

Niederlage, ein neuerliches Versagen, und der Krieg konnte endgültig verloren sein.

Inzwischen herrschte bereits zwanzig Monate Krieg, und Großbritannien kämpfte, ganz auf sich allein gestellt, ums nackte Überleben. Zwanzig düstere, unheilvolle und tragische Monate, deren Düsternis für kurze Zeit verflogen war, als die tapferen, jungen Piloten Englands der deutschen Luftwaffe in der Schlacht um England eine empfindliche Niederlage beigebracht hatten – doch inzwischen stellte sich die Zukunft wieder in einem hoffnungsloseren und bedrohlicheren Licht dar denn je zuvor, und kein Lichtstreifen am Horizont deutete auf ein Ende der Misere hin.

Die Panzer der deutschen Wehrmacht standen bereit; das Damoklesschwert einer Invasion Großbritanniens schwebte drohend über den Köpfen der englischen Nation, die eben schmachvoll aus Griechenland vertrieben worden war. In derselben Woche hatte Görings Elftes Luftwaffencorps, welches Churchill als die Seele der deutschen Streitkräfte bezeichnet hatte, einen raschen und überwältigenden Angriff auf die auf Kreta stationierten britischen Truppen gestartet, der ein rasches Ende herbeigeführt hatte. Sechs Millionen BRT hatte Großbritannien bereits auf See verloren, davon 650000 allein in diesem April, dem schwärzesten Monat der Kriegsgeschichte, und für Mai sahen die Prognosen keineswegs besser aus, denn während Kapitän Ellis mit seinem Schiff die schmale Passage zwischen dem grönländischen Packeis und den isländischen Nebelbänken auf und ab fuhr, waren auf der immensen Wasserfläche des Atlantiks nicht weniger als zehn größere Frachtergeleitzüge und ein großer, lebenswichtiger Truppentransportkonvoi unterwegs. Und diese weit verstreut fahrenden Schiffe entbehrten fast jeglichen Schutzes vor feindlichen Angriffen.

Und welche Rolle, fragte so mancher, spielte bei alledem die ehemals so stolze britische Home Fleet? Die erste Verteidigungslinie, Englands letzte Hoffnung in dieser schweren Stunde, weshalb warf sie sich nicht mit vollem Einsatz in diese Schlachten um Leben und Tod? Warum patrouillierte sie nicht in der Nordsee und im Ärmelkanal, wo die Stukas und Heinkels sie an jedem beliebigen Tag zwischen Morgengrauen und Sonnenuntergang vollständig hätten vernichten können – bereit, jeden Versuch einer Invasion über den Kanal im Keim zu ersticken? Warum war sie nicht bei der Evakuierung Griechenlands zur Stelle gewesen? Warum hatte sie sich nicht im Norden Kretas eingefunden, um die auf dem Seeweg zum Einsatz gelangenden Verstärkungstruppen abzufangen, ohne die Görings Fallschirmjäger die Eroberung der Insel nie erfolgreich zum Abschluß hätten bringen können? Warum eilte sie mit ihren schweren Geschützen nicht den ständig von U-Booten bedrohten Geleitzügen in den westlichen Gewässern zu Hilfe? Warum lag sie müßig, machtlos und nutzlos in ihrem Stützpunkt Scapa Flow vor Anker? Warum, warum, warum?

Der Grund hierfür war die *Bismarck*.

1936 in Auftrag gegeben, war dieses stolze Schiff am 14. Februar 1939 in Anwesenheit keines Geringeren als des Führers des Dritten Reichs, Adolf Hitler selbst, bei Blohm und Voss in Hamburg vom Stapel gelaufen, um von diesem Zeitpunkt an sämtliche Träume – oder besser Alpträume – der gegnerischen Flottenverbände zu durchspuken. Hitler neigte bekanntlich zu Übertreibungen. Als er jedoch Anfang Mai 1941 das Schlachtschiff besichtigte, sollte er nicht übertreiben, als er der Besatzung gegenüber äußerte: »Die *Bismarck* ist der Stolz der deutschen Marine.«

Und das war sie in der Tat. Sie wäre der Stolz jeder Flotte der Welt gewesen. In zynischer Mißachtung der 35000 Tonnen Limitierung war das Schiff mit etwa 50000 Tonnen ausgelegt worden, womit es eindeutig das gewaltigste Schlachtschiff war, das die Weltmeere befuhr. Und mit ihrer Höchstgeschwindigkeit von dreißig Knoten gab es kein britisches Schiff, dem die *Bismarck* nicht das Wasser hätte reichen können. Außerdem verfügte sie über eine immense Breite, welche die eines jeden britischen Schiffes um einiges übertraf, wodurch eine außergewöhnlich stabile Feuerplattform für ihre acht 38-cm- und zwölf 15-cm-Geschütze gewährleistet wurde, wobei die Treffsicherheit der deutschen Geschützbedienungen derjenigen der Briten weit überlegen war. Dazu kamen noch die massive Panzerung und die extrem komplexen Unterteilungen des Gesamtrumpfes, wodurch eine bis dahin ungekannte Wasserundurchlässigkeit erreicht worden war, welche der *Bismarck* sogar den Ruf eintrug, unversenkbar zu sein. Sie stellte den letzten und höchsten Triumph in Admiral Raeders Hand dar – und nun war der Zeitpunkt gekommen, an dem er diesen Trumpf ausspielen wollte.

Die *Bismarck* war ausgelaufen. Das stand inzwischen völlig außer Zweifel. Zum erstenmal war sie am 20. Mai auf nördlichem Kurs im Kattegat gesehen worden. Dann war sie am Nachmittag des 21. in Begleitung eines Kreuzers der Hipper-Klasse von einem Spitfire-Piloten südlich von Bergen im Grimstad-Fjord fotografiert worden. Am darauffolgenden Tag überflog ein

Maryland-Bomber von dem Flottenstützpunkt Hatston auf den Orkneys unter extrem widrigen Witterungsbedingungen gegen sechs Uhr abends Grimstad und Bergen und meldete, daß die *Bismarck* nicht mehr dort war.

Die *Bismarck* war also unterwegs, und es bestand kein Zweifel, was ihr Ziel war. Es gab keine russischen Geleitzüge, die sie hätte angreifen können – Rußland war damals noch nicht in den Krieg eingetreten. Begleitet von dem Kreuzer der Hipper-Klasse, der später als die *Prinz Eugen* identifiziert wurde und sozusagen Pfadfinderfunktionen übernahm, konnte das Ziel der *Bismarck* nur der Atlantik sein, um dort die britischen Geleitzüge, Großbritanniens lebenswichtige Verbindung mit der Außenwelt, abzufangen und zu zerstören. Allein der Kreuzer der Hipper-Klasse mit seinen 10 000 Tonnen war einmal ohne jede zusätzliche Unterstützung über einen Konvoi hergefallen, um binnen weniger als einer Stunde sieben Schiffe zu versenken. Wozu nun die *Bismarck* in der Lage sein würde, spottete jeder Beschreibung.

Die *Bismarck* mußte unter allen Umständen gestoppt werden, und dies möglichst, bevor sie den offenen Atlantik erreicht hatte. Und einzig und allein aus dem Grund, die *Bismarck* am Durchbruch in den Atlantik zu hindern, hatte Admiral Sir John Tovey, Oberbefehlshaber der Home Fleet, seine schweren Schlachtschiffe so hartnäckig und lange in ihrem Stützpunkt in Scapa Flow zurückgehalten. Nun war für die Home Fleet der Zeitpunkt gekommen, ihre Existenzberechtigung unter Beweis zu stellen.

Admiral Tovey, ein hervorragender Stratege, der seine Schiffe während der folgenden vier Tage über jeden Tadel erhaben führen sollte, gab sich hinsichtlich der ihm bevorstehenden Probleme keinerlei Illusionen hin; er war sich der tragischen Konsequenzen, die auch nur der geringste Fehler seinerseits nach sich ziehen konnte, voll bewußt. Die *Bismarck* konnte an jedem beliebigen Punkt zwischen Schottland und Grönland in südwestlicher Richtung in den Atlantik vorstoßen. Es galt also eine Distanz von gut tausend Seemeilen eisiger, sturmgepeitschter Gewässer abzudecken, wo überdies die Sicht aufgrund heftiger Regenfälle, Schneetreiben und Nebelbänke drastisch reduziert war.

Tovey mußte also zwei Geschwader mit jeweils zwei Schlachtschiffen – ihm war vollkommen klar, daß keines seiner Schiffe allein eine Chance gegen die *Bismarck* gehabt hätte – an zwei strategisch wichtigen Punkten, Hunderte von Seemeilen entfernt, postieren, und zwar die *Hood* und die *Prince of Wales* südlich von Island sowie die *Repulse* und den Flugzeugträger *Victorious* westlich der Faröer, welche Stelle er für die günstigste Ausgangsbasis hielt, um möglichst rasch zur Stelle zu sein, wo auch immer die *Bismarck* den Durchbruch versuchen würde.

Aber diese Schiffe konnten erst zuschlagen, wenn sie wußten, wo die *Bismarck* war, zu welchem Zweck Admiral Toveys Aufpasser auf See nun schon seit Monaten unterwegs waren und diesem alles entscheidenden Tag entgegenharrten. Während zwischen Island und den Faröern die Kreuzer *Birmingham* und *Manchester* Wache hielten, lagen in der Dänemark-Straße die *Suffolk* und die *Norfolk* auf der Lauer.

Am 23. Mai 1941, neunzehn Uhr zwanzig, dampfte die *Suffolk* in dem schmalen Streifen zwischen Packeis und

Nebelbänken gen Südwesten. Falls auch die *Bismarck* den Weg über die Dänemark-Straße einschlug, dann mußte auch sie, vermutete Kapitän Ellis, diese schmale Passage benutzen. Im Westen machte das Eis jedes Durchkommen unmöglich, und im Osten stellten die undurchdringlichen Nebelbänke für ein Schlachtschiff mit dreißig Knoten Fahrt ein enormes Risiko dar; dies um so mehr, als diese Nebelfelder bekanntermaßen ein Minenfeld von vierzig Meilen Ausdehnung bargen. Falls die *Bismarck* also wirklich hier den Durchbruch versuchen sollte, dann konnte sie eigentlich nur auf diesem Weg kommen.

Und genau das tat sie dann auch. Um neunzehn Uhr zweiundzwanzig ließ der aufgeregte Schrei eines scharfäugigen Ausgucks Kapitän Ellis und alle auf der Brücke Anwesenden angespannt durch ihre Ferngläser nach vorn starren. Ein kurzer Blick im Zusammenhang mit der durchgegebenen Position genügte Ellis, um zu wissen, daß ihr langes Warten nun endlich ein Ende gefunden hatte. Selbst für jemanden, der sie nie gesehen hatte, war es mehr oder weniger unmöglich, die Umrisse des gigantischen Schiffes vor ihnen für etwas anderes als die *Bismarck* zu halten. (Zumindest hätte man dies denken können, obgleich sich eben diese Annahme keine zwölf Stunden später tragischerweise als fälschlich erweisen sollte.)

Kapitän Ellis zögerte nicht lange. Den ersten und wichtigsten Teil seiner Mission hatte er bereits erfüllt. Die *Bismarck* und die *Prinz Eugen*, stellte er plötzlich fest, waren nur noch acht Seemeilen entfernt, wobei die Reichweite der todbringenden Geschütze der *Bismarck* mindestens zwanzig Meilen betrug. Und in seinen Anweisungen stand mit keinem Wort, daß er mit seinem Schiff Selbstmord begehen sollte. Ganz im Gegenteil – er hatte Order, eine Beschädigung seines Schiffes unter allen Umständen zu vermeiden, sich an die *Bismarck* zu hängen und die Schlachtschiffe der Home Fleet an sie heranzugeleiten. Während aus der Funkkabine der *Suffolk* die ersten ›Feind gesichtet‹-Meldungen an Ellis' unmittelbaren Vorgesetzten, Konteradmiral Wake-Walker auf der *Norfolk,* und an Sir John Tovey auf seinem Schlachtschiff weit im Süden herausgingen, ließ Ellis sein Schiff auf schnellstmöglichem Weg nach Backbord abdrehen, wo es nach wenigen Augenblicken von dichten Nebelschwaden umgeben und den feindlichen Blicken entzogen war.

Im Schutz des Nebels wendete die *Norfolk* dann vollends, um sich erst einmal vorsichtig durch eine Lücke in dem gefährlichen Minengürtel zu manövrieren; währenddessen überwachte sie über Radar bereits jede Bewegung der beiden deutschen Schiffe, die weiter mit Volldampf in südlicher Richtung die Dänemark-Straße durchquerten. Als diese die *Suffolk* und die *Norfolk* schließlich weit genug hinter sich zurückgelassen hatten, folgten die beiden britischen Kreuzer unerbittlich der Fährte der *Bismarck* und ließen sich auch durch die Regenschauer, das heftige Schneetreiben und den dichten Nebel einer langen Polarnacht nicht mehr abschütteln. Wenn sie die *Bismarck* auch für kurze Phasen aus den Augen verloren, holten sie das deutsche Schlachtschiff immer wieder ein – eine Leistung, die auf dem extrem schwierigen Gebiet der unentdeckten Beschattung eines gegnerischen Schiffes bei Nacht als absolut vorbildlich gelten muß. Darüber hinaus wurden die ganze Nacht hindurch die ständig sich verändernden Koordinaten der Position der *Bismarck* sowie ihr Kurs und ihre Geschwindigkeit über Funk an die Home Fleet weitergeleitet.

Dreihundert Meilen weiter südlich war das Geschwader unter Vizeadmiral L. E. Holland, das sich aus der HMS *Hood*, der HMS *Prince of Wales* und sechs Zerstörern zusammensetzte, mit Volldampf auf Abfangkurs in nordwestlicher Richtung unterwegs. Die Anspannung an Bord dieser Schiffe war enorm. Auch für sie bedeutete dieser Augenblick das Ende einer langen Wartezeit. Es stand wohl für kaum jemanden in Frage, daß der Zeitpunkt der Schlacht unmittelbar bevorstand, wobei auch hinsichtlich des Ausgangs wenig Zweifel bestanden: Trotz ihrer enormen Kampfkraft und ihres Rufs konnte die *Bismarck* nur noch wenige Stunden zu existieren haben.

Mit ihren zehn 35,5-cm-Geschützen stand die *Prince of Wales*, das modernste britische Schlachtschiff, der *Bismarck* mit ihren 38-cm-Geschützen zumindest auf dem Papier in nichts nach. (Allerdings war nur ihrem Kommandanten, Kapitän Leach, und einer Handvoll seiner ranghöchsten Offiziere bewußt, daß die *Prince of Wales* noch viel zu neu, ihre Besatzung nur ungenügend ausgebildet und ihre 35,5-cm-Geschütztürme nicht minder unerprobt als die Besatzung selbst waren; die Geschütztürme waren sogar noch so anfällig und unzuverlässig, daß sich an Bord des Schlachtschiffs ein Team von Technikern befand, welche die defekten Geschütze verzweifelt zu reparieren versuchten, während die *Prince of Wales* bereits der *Bismarck* entgegendampfte.)

Dennoch gab es niemanden – auch nicht das treueste Besatzungsmitglied –, der der *Prince of Wales* sein Leben vorbehaltlos anvertraut hätte. Aber das war auch weiter gar nicht nötig, da, nur ein paar Kabellängen entfernt, jeder den gewaltigen Bug des 45000-Tonnen-Schlachtschiffs *Hood* mit verächtlicher Leichtigkeit die Wellen des Atlantiks teilen sah. Wenn die *Hood* dabei war, konnte nichts schiefgehen. Das wußte jeder in der Royal Navy.

Und nicht nur in der Navy. Die *Hood* liegt nun zwar schon viele Jahre auf dem Grund des Atlantiks, aber wohl keiner der Millionen Briten, welche in den Jahren des Zweiten Weltkriegs groß geworden sind, wird vermutlich je vergessen können, welche Bedeutung die *Hood* in den Herzen der britischen Öffentlichkeit gespielt hatte. Sie war das bekannteste und am meisten geliebte Schiff in der langen Flottengeschichte Großbritanniens, dessen Ruhm selbst Schiffen wie der *Revenge* oder der *Victory* den Rang ablief. Als das größte und schlagkräftigste Schiff der britischen Flotte galt die *Hood* bereits in der Vorkriegszeit als das Symbol schlechthin für Beständigkeit und Unbesiegbarkeit; entsprechend war dann auch die Verehrung, die diesem Schiff entgegengebracht wurde. Für Millionen von Engländern war die *Hood* gleichbedeutend mit der Royal Navy selbst, eine Legende bereits zu ihren Lebzeiten... Aber auch Legenden nehmen einmal ein Ende.

Und nun, nach der langen Nachtfahrt unter Volldampf, die imposanten Umrisse der *Bismarck* im Morgengrauen langsam sich vom Horizont abhebend, stand dieses Ende unmittelbar bevor.

Aus gebührendem Sicherheitsabstand außerhalb der Reichweite der deutschen Geschütze beobachteten die *Norfolk* und die *Suffolk*, wie die *Hood* und die *Prince of Wales* unter dem Oberkommando von Vizeadmiral Holland auf die *Bismarck* und die *Prinz Eugen* zusteuerten. Doch selbst aus dieser Entfernung war deutlich zu erkennen, daß die beiden britischen Schiffe zu wenig Abstand einhielten und daß Kapitän Leach von der *Prince of Wales* gezwungen war, die Manöver der *Hood* nachzuvollziehen, anstatt sein Schiff völlig unabhängig von dieser zum Einsatz zu bringen. Und unglaublicher noch, die beiden britischen Schiffe näherten sich dem Feind auf eine Art und Weise, wie man es genau hätte nicht machen dürfen. Sie steuerten auf die Deutschen in einem Winkel zu, der einerseits stumpf genug war, um für diese ein hervorragendes Ziel abzugeben, während er gleichzeitig gerade noch so spitz war, daß die hinteren Geschütztürme nicht mehr zum Einsatz gebracht werden konnten, was unweigerlich zur Folge hatte, daß die *Bismarck* und die *Prinz Eugen* ihre vollen Breitseiten abfeuern konnten, während den britischen Schiffen nur die Hälfte ihrer Gesamtgeschützkapazität zur Verfügung stand.

Doch es sollte noch schlimmer kommen. Als erstes Schiff eröffnete die *Hood* um fünf Uhr zweiundzwanzig das Feuer, wobei sie aus Gründen, deren Ursachen wohl immer im dunkeln bleiben werden, den verhängnisvollen Fehler beging, ihr Feuer auf die *Prinz Eugen* zu konzentrieren und davon das ganze Gefecht über nicht abzulassen. Dieser Erkennungsfehler mochte schon schlimm genug sein, doch kam dazu noch die verheerend schlechte Treffgenauigkeit der Salven des britischen Schlachtschiffs; die *Prinz Eugen* ging aus diesem Gefecht hervor, ohne einen einzigen Treffer abbekommen zu haben.

Dementsprechend stand nun der *Bismarck* und der *Prinz Eugen* nichts im Wege, ihre sämtlichen Geschütze gegen die *Hood* zum Einsatz zu bringen, die aufgrund ihres ungünstigen Anfahrtswinkels das Feuer nur mit ihren zwei vorderen Geschütztürmen erwidern konnte. Zwar hatte inzwischen auch die *Prince of Wales* in das Gefecht eingegriffen, aber leider sollte dieser Umstand kaum etwas am schlimmen Ausgang der Sache ändern; ihre erste Salve verfehlte ihr Ziel um mehr als eine halbe Meile, die zweite kam ihm nicht viel näher, und auch die dritte ging daneben. Das galt auch für die vierte – und die fünfte.

Dagegen schossen die Deutschen nicht daneben. Die konzentrierte Massiertheit ihres Feuers wurde noch durch ihre extreme Treffgenauigkeit verstärkt. Schon innerhalb der ersten Minute hatten die 20-cm-Geschosse der *Prinz Eugen* in der Nähe des Hauptmasts der *Hood* einen Brand ausgelöst. Und auch die Geschosse der *Bismarck*, gigantische 38-cm-Projektile, rissen nun gewaltige Wunden in Rumpf und Aufbauten der *Hood*, um in ihrem Innern unter schrecklichem Getöse zu explodieren. Wo und wie oft die *Hood* getroffen wurde, wird sich wohl nicht mehr in Erfahrung bringen lassen, wobei es darauf auch gar nicht mehr ankommt.

Worauf es ankam und was auch das einzige war, was wir noch wissen, ist das, was die Überlebenden dieser Seeschlacht an jenem Morgen um Punkt sechs Uhr sahen, als die fünfte Salve von der *Bismarck* die *Hood* erschütterte. Eine blendend grelle, weiße und orange Stichflamme schoß an die dreihundert Meter senkrecht in den grauen Morgenhimmel hoch, als die verheerende Detonation der explodierenden Munitionsmagazine die *Hood* buchstäblich in Stücke riß. Nachdem das letzte Donnerrollen der gewaltigen Explosion verhallt und die dichten Rauchschwaden langsam abgezogen waren, waren die zersprengten Überreste des stolzen

Schlachtschiffs so vollständig von der Wasseroberfläche verschwunden, als hätte die *Hood*, der Stolz der Royal Navy, nie existiert.

So hatte also die *Hood* nach fünfundzwanzig Jahren der Tod ereilt. Dabei hatte ihr erstes Gefecht innerhalb dieser langen Zeit genau acht Minuten gedauert. Drei Seeleute überlebten die Katastrophe; die restlichen 1500 Offiziere und Besatzungsmitglieder gingen mit dem riesigen Schlachtschiff unter.

2. Teil

Die Versenkung der *Hood*, der unbesiegbaren, unzerstörbaren *Hood*, stellte sowohl für die Navy als auch für die britische Nation als Ganzes einen fürchterlichen Schock dar. Es war einfach unglaublich, ja es war unmöglich, daß so etwas je passieren konnte – und folglich mußte das Unmögliche aus der Welt geschafft werden, sowohl mündlich wie schriftlich, und vor allem so schnell wie möglich.

Da zum damaligen Zeitpunkt keine detaillierten Informationen an die Öffentlichkeit durchdrangen, wurde nie bekannt, in welch selbstmörderischem Winkel sich die *Hood* dem Gegner genähert hatte, wie sie aufgrund eines verhängnisvollen Irrtums die *Prinz Eugen* und nicht die *Bismarck* unter Beschuß genommen hatte und daß die Zielgenauigkeit ihrer Geschütze so ungenügend gewesen war, daß das Schlachtschiff im Verlauf des Gefechts nicht einen Treffer verbuchen hatte können. Vielleicht war es gar nicht einmal so sehr von Nachteil, daß nichts davon an die Öffentlichkeit drang.

Die Gründe, die dagegen damals als Erklärung für die Katastrophe angeführt wurden – nach den Urhebern dieser Ideen dürfte wohl nicht lange zu suchen sein –, lauteten wie folgt: Die *Hood* war gar kein Schlachtschiff, sondern nur ein leicht gepanzerter Schlachtkreuzer, und bei dem Umstand, daß ein Geschoß genau in das Munitionsmagazin eingeschlagen hatte, hatte es sich um einen Zufall gehandelt, wie er in einer Million Fälle vielleicht einmal zutrifft. Diese Erklärungen waren selbstverständlich vollkommener Unsinn.

Offiziell wurde die *Hood* zwar als Schlachtkreuzer klassifiziert, aber dabei handelte es sich lediglich um eine Formsache, die nichts an der Tatsache zu ändern vermochte, daß sie mit ihrer sich auf beiden Seiten über hundertsiebzig Meter erstreckenden, dreißig Zentimeter dicken Eisen- und Stahlpanzerung mit einem Gewicht von fantastischen 14000 Tonnen zu einem der am stärksten gepanzerten Schiffe der Welt gehörte. Und was diesen einen Zufallstreffer unter einer Million Granaten betraf, hatten erfahrene Schiffsbauer schon seit zwanzig Jahren immer wieder darauf hingewiesen, daß die Magazine jenen Geschossen, die in einem bestimmten Winkel einschlugen, schutzlos ausgeliefert waren – eine Gefahr, die durch die Anbringung zusätzlicher Panzerplatten problemlos hätte beseitigt werden können. Hierbei handelte es sich also eindeutig um einen Konstruktionsfehler, welcher der Admiralität zudem sehr wohl bekannt war.

Solche Gedanken, dürfen wir mit ziemlicher Sicherheit annehmen, werden jedoch Kapitän Leach von der *Prince of Wales* kaum durch den Kopf gegangen sein, als sich die Rauchschwaden der gewaltigen Explosion verzogen hatten und enthüllten, daß die *Hood* verschwunden war. Für die *Prince of Wales* ging es nun um Leben und Tod, was ihrem Kapitän sehr wohl bewußt war. Die *Hood* war kaum in die Luft geflogen, als die *Bismarck* und die *Prinz Eugen* ihre Geschütze auch schon herumschwangen und nun die *Prince of Wales* mit ihrer gewohnten Treffsicherheit unter konzentrierten Beschuß nahmen. Nachdem Captain Leach die Lage kurz resümiert hatte, gelangte er zu einem raschen Entschluß, den er ohne Zögern durchführte. Er ließ scharf abdrehen, stellte das Feuer ein und zog sich in den Schutz der dicken Rauchschwaden zurück.

›Das Schiff, das die Flucht ergriff‹ – das war die Bezeichnung, welche sich die *Prince of Wales* durch dieses Verhalten eintrug. Es ist ein offenes Geheimnis, daß dem Schiff mit seinen Offizieren und seiner Besatzung während der wenigen Monate, die ihm noch verbleiben sollten, von der restlichen Navy mit unverhohlener Verachtung und Abneigung begegnet wurde – eine Schmach, die erst getilgt werden sollte, als das Schiff und sein tapferer Kapitän kaum sieben Monate nach diesem Vorfall vor der Küste Malaysias einem schweren japanischen Luftangriff zum Opfer fielen. Diese Verachtung war im übrigen höchst ungerechtfertigt, um nicht zu sagen, in groteskem Maße unfair, wobei auch in diesem Fall ein großer Teil der Schuld der Admiralität anzulasten ist.

Der Gerechtigkeit halber muß gesagt werden, daß es dazu jedoch eher unbeabsichtigt kam. Als eigentliche Ursache für die verzerrte Darstellung des wahren Sachverhalts ist die offizielle Verlautbarung zu dem Vorfall anzusehen, in welcher, wie es in solchen offiziellen Darstellungen in Kriegszeiten nun einmal üblich war, die eigenen Verluste möglichst heruntergespielt wurden, wohingegen die des Feindes oft maßlos übertrieben dargestellt wurden.

Vornehmlich zwei Punkte dieser Verlautbarung hatten dieses bedauerliche Mißverständnis hervorgerufen: »Bei einer Gelegenheit wurde beobachtet, daß die *Bismarck* in Brand geraten war«, und »Die *Prince of Wales* wurde nur leicht beschädigt«. Warum, um alles in der Welt, fragte man sich damals selbstverständlich, hatte das nur leicht beschädigte Schlachtschiff das brennende gegnerische Schiff nicht angegriffen und versenkt? Welchen vertretbaren Grund, die Flucht zu ergreifen, hätte es unter den gegebenen Umständen geben können?

Solche Gründe gab es sogar zu mehreren. Das Feuer auf der *Bismarck*, Zeugnis des gelegentlichen Fantasiemangels offizieller Stellen, bestand in Wirklichkeit lediglich aus einer größeren Menge Ruß, der sich aus dem Schornstein des deutschen Schlachtschiffs gelöst hatte. Und was die leichte Beschädigung der *Prince of Wales* betraf, war das britische Schiff von mindestens drei 20-cm-Granaten und vier der mächtigen 38-cm-Granaten der *Bismarck* getroffen worden, von denen wiederum eines die Brücke vollständig zerstört und sämtliche dort Anwesenden mit Ausnahme Kapitän Leachs und seines Signalmaats getötet hatte. Außerdem war eines der schweren Geschütze der *Prince of Wales* vollkommen funktionsuntauglich; die anderen mußten wegen wiederholter Defekte das Feuer vorübergehend oder gänzlich einstellen, und auch die vier schweren Geschütze vom Geschützturm ›Y‹ konnten nicht zum Einsatz gebracht werden, weil das Drehlager des Turms klemmte, was bereits die Hälfte von Kapitän

Leachs einsatzfähiger Bewaffnung ausmachte. Die *Prince of Wales* war also weit davon entfernt, nur leicht beschädigt zu sein; sie war im Gegenteil erheblich gehandicapt. Sich den mörderisch treffgenauen Breitseiten der beiden deutschen Schiffe unter diesen Bedingungen und aus dieser Nähe noch länger auszusetzen, wäre einem sicheren und raschen Selbstmord gleichgekommen.

Die *Bismarck* machte keinerlei Anstalten, ihren Gegner zu verfolgen. Der Umstand, daß sie die *Hood* versenkt und die *Prince of Wales* schwer beschädigt in die Flucht geschlagen hatte, stellte einen Triumph dar, welcher selbst ihre kühnsten Träume überstieg. Ein glänzender Sieg, der für die deutsche Marine mit einem enormen Prestigeanstieg verbunden war und der sich unter Goebbels Händen sicherlich zu einer neuerlichen Propagandawaffe von ungeahnten Wirkungsmöglichkeiten schmieden lassen würde – weshalb hätte man diesen Erfolg aufs Spiel setzen sollen, um sich vielleicht nur einer geglückten Salve auszusetzen, die einen Geschützturm, die Brücke oder die Feuerleitanlage hätte zerstören können – oder gar das ganze Schiff versenken? Zudem war die *Bismarck* nicht mit dem Ziel in den Atlantik vorgestoßen, sich mit der britischen Home Fleet erbitterte Gefechte zu liefern – genau das wollte Admiral Lütjens sogar unter allen Umständen vermeiden –, sondern um die britischen Geleitzüge zu vernichten.

Die Freude an Bord der *Bismarck* war selbstverständlich gewaltig; aber nicht weniger galt dies auch für den Jubel im Führerhauptquartier in Berlin, wohin der glänzende Erfolg unmittelbar nach Abbruch des Gefechts gemeldet worden war.

Binnen einer Stunde würde sich die Siegesnachricht in den Händen jeder Zeitungsredaktion und Rundfunkstation innerhalb Deutschlands befinden. Und noch am selben Nachmittag würde jeder Deutsche – wenige Stunden später gefolgt von allen Nationen Europas – von der empfindlichen Niederlage erfahren haben, welche der Royal Navy beigebracht worden war. Überglücklich übermittelte Hitler in seinem und ganz Deutschlands Namen den Offizieren und der Besatzung der *Bismarck* seine Glückwünsche und verlieh bei dieser Gelegenheit nebst einer Reihe anderer hoher Auszeichnungen auch dem ersten Artillerie-Offizier der *Bismarck* das Ritterkreuz.

Nur ein Mann hielt sich diesem Rummel fern, nur ein Mann ließ sich von dem allgemeinen Jubel nicht anstecken, obwohl man denken könnte, daß gerade dieser Mann am meisten Grund zur Freude über den triumphalen Erfolg hätte haben können. Es war dies Kapitän Lindemann, der Kommandant der *Bismarck*. Doch Lindemann war alles andere als glücklich und mehr als nur ein bißchen besorgt, wobei es sicher niemanden gegeben hätte, der Lindemanns Tapferkeit in Frage gestellt hätte. Der sehr erfahrene und mutige Seemann galt als einer der besten und tüchtigsten Männer in den Reihen der deutschen Marine – wie wäre ihm auch sonst ein solches Schiff anvertraut worden? –, und gerade er wurde von dunklen Vorahnungen geplagt, die sich mehr und mehr zur düsteren Gewißheit des nahe bevorstehenden Endes auswuchsen.

Obwohl sein Schiff weder an den Geschützen noch an den Maschinen irgendwelchen Schaden erlitten hatte und in seiner Kampfkraft nicht im geringsten geschwächt war, hatte doch ein Geschoß die dicke Panzerung durchbrochen, um zwischen den Treibstofftanks zu explodieren, so daß die Schnelligkeit der *Bismarck* erheblich reduziert war. Lindemann befürchtete völlig zu Recht, daß seine Treibstoffvorräte nun nicht mehr ausreichen würden, um das Schiff über einen längeren Zeitraum hinweg unter Volldampf fahren und manövrieren zu können, wobei dem Kapitän nur zu klar bewußt war, daß er bald alle Geschwindigkeit und Schubkraft benötigen würde, welcher die mächtigen Turbinen seines Schiffs fähig waren. Er kannte die Briten, und er wußte, welche Verehrung die gesamte Nation der *Hood*, dem Stolz ihrer Navy, entgegengebracht hatte. Und vor allem war ihm auch klar, daß sie nun, weit davon entfernt, sich durch den raschen Tod ihres stolzesten Schlachtschiffs einschüchtern zu lassen, erbitterter denn je auf Rache sinnen und nicht eher ruhen würden, bis sie die *Bismarck* aufgespürt und vernichtet hatten.

Diese Befürchtungen teilte er seinem Vorgesetzten Admiral Lütjens mit und unterbreitete ihm gleichzeitig den Vorschlag, unverzüglich nach Bergen zurückzukehren, um die nötigen Reparaturen an der *Bismarck* vornehmen zu lassen. Doch aus Gründen, deren Hintergründe wir nie erfahren werden – möglicherweise war im Taumel des ebenso überwältigenden wie raschen Sieges sein kühles Urteilsvermögen durch trügerische Träume von weiteren Triumphen etwas getrübt gewesen –, überstimmte Admiral Lütjens seinen Kapitän. Sie würden weiter, wie geplant, in den Atlantik vordringen, so daß die *Bismarck* wieder auf Südwestkurs ging und neuen Taten entgegendampfte.

Doch die englischen Schiffe folgten ihrer Spur. Den ganzen Nachmittag und Abend hindurch beschatteten die *Norfolk*, *Suffolk* und *Prince of Wales* die deutschen Schiffe. Dabei standen sie in ständigem Funkkontakt mit Admiral Tovey, der mit seinem Geschwader auf Abfangkurs ging.

Die *Bismarck* wußte zwar, daß man ihr folgte, schien sich dadurch aber nicht stören zu lassen. Nur einmal zeigte sie kurz ihre Krallen. Gegen achtzehn Uhr dreißig verschwand sie in einer Nebelbank, um zu wenden und auf die *Suffolk* das Feuer zu eröffnen; als jedoch die *Prince of Wales* auf dem Schauplatz des Geschehens auftauchte, trat die *Bismarck* sofort wieder den Rückzug an. (Erst später sollte sich herausstellen, daß es sich hierbei lediglich um ein Ablenkungsmanöver handelte, mit dem der *Prinz Eugen* ermöglicht werden sollte, sich unbemerkt abzusondern, was ihr auch gelang. Sie füllte bei einem deutschen Tankschiff ihre Treibstoffvorräte auf, um sich dann nach Brest in Sicherheit zu bringen.)

Immer noch von den britischen Schiffen verfolgt, wandte sich die *Bismarck* daraufhin nach Westen, während gleichzeitig Admiral Toveys Geschwader näherrückte. Allerdings waren Toveys *King George V*, *Repulse* und *Victorious* nur drei der zahlreichen Schiffe, die inzwischen auf das deutsche Schlachtschiff Jagd machten.

Von Halifax in Nova Scotia lief das Schlachtschiff *Revenge* aus. Vizeademiral Somervilles Force H – der Schlachtkreuzer *Renown*, die inzwischen legendäre *Ark Royal* und der Kreuzer *Sheffield* – wurde von Gibraltar in den Atlantik beordert. Ebenso erhielten das Schlachtschiff *Ramillies*, auf dem Atlantik mit einem Geleitzug unterwegs, der Kreuzer *Edinburgh*, in der Nähe der Azoren stationiert, und der Kreuzer *London*, vor der spanischen Küste mit einem Konvoi unterwegs, den Befehl, auf Abfangkurs zu gehen. Und nicht zuletzt wurde das Schlachtschiff *Rodney*, mit einem Geleitzug in Richtung Vereinigte Staaten unterwegs, zurückgerufen. Die *Rodney* selbst hätte dann eigentlich Boston anlaufen sollen, um sich einer längst fälligen, gründlichen Überholung unterziehen zu lassen, da sich ihre Maschinen und Kessel in verheerendem Zustand befanden. Aber die mächtigen 41-cm-Geschütze der *Rodney* und der Nelsonsche Charakterzug ihres Kommandanten, Kapitän Dalrymple-Hamilton, sich den gutmeinenden Anweisungen von seiten der Admiralität gegenüber taub zu stellen, erwiesen sich als hinreichender Ausgleich für den schlechten Zustand ihrer Maschinen. Die größte Jagd in der Seegeschichte ging los.

Kurz vor Mitternacht flogen neun Swordfish-Torpedobomber von der *Victorious* unter Lieutenant-Commander Esmonde, der später bei einem Angriff auf die *Gneisenau* und die *Scharnhorst*, für den ihm posthum das Victoria-Verdienstkreuz verliehen wurde, sein Leben verlieren sollte, einen Einsatz gegen die *Bismarck*, der sich zum Ziel gesetzt hatte, die Fahrt des Schlachtschiffs etwas zu verlangsamen. Aber der einzige Torpedo, der sein Ziel erreichte, explodierte an den dicken Panzerplatten der *Bismarck*, ohne nennenswerten Schaden anzurichten.

Zumindest hieß es in der offiziellen Verlautbarung der Admiralität so. Dieser Feststellung lag in diesem Fall jedoch ausnahmsweise einmal krasse Untertreibung zugrunde. Baron von Mullenheim-Rechberg (heute deutscher Konsul in Kingston, Jamaika), damals jedoch befehlsführender Offizier des Heckgeschützturms der *Bismarck* (und ranghöchster überlebender

Offizier), erklärte kürzlich, als er zu diesem Thema befragt wurde, daß die *Bismarck* dreimal durch die Torpedos der von der *Victorious* gestarteten Flugzeuge getroffen worden sei. Zwei der Torpedos zeigten keinen nachhaltigen Effekt, wohingegen der dritte unter dem Bug explodierte, wo er einen beträchtlichen Schaden verursachte und die Fahrt der *Bismarck* erheblich verlangsamte.

Und dann, gegen drei Uhr früh des folgenden Tages, geschah genau das, was die Admiralität und Sir John Tovey am meisten befürchtet hatten. Die Schiffe im Gefolge der *Bismarck*, auf gefährlichem Zickzackkurs durch von U-Booten verseuchte Gewässer, machten ihren ersten und einzigen Fehler; sie verloren das deutsche Schlachtschiff aus den Augen und fanden es nicht wieder. Die *Bismarck* war verschwunden, und niemand wußte, wo sie steckte, und, schlimmer noch, wohin sie unterwegs war.

Etwas später an jenem Morgen sprach Admiral Lütjens zu der Besatzung der *Bismarck*. Der zuversichtliche Optimismus, mit dem er noch vierundzwanzig Stunden zuvor Kapitän Lindemanns Vorschlag abgetan hatte, nach Bergen zurückzukehren, war vollständig verflogen. Der Admiral war inzwischen ein von zahlreichen Ängsten geplagter Mann, dem die Tragweite seines Fehlers längst zu vollem Bewußtsein gekommen war. Seltsamerweise scheint Lütjens zu diesem Zeitpunkt nicht bewußt gewesen zu sein, daß sie ihre Verfolger abgeschüttelt hatten; er glaubte, die Briten könnten ihn auf ihren Radarschirmen immer noch sehen. Und so war der Unterton der Verzweiflung in seiner Stimme unverkennbar, als er sich an seine Männer wandte.

Die Briten, erklärte er, wüßten, wo sie sich befänden, und es wäre nur noch eine Frage der Zeit, bis sie von ihren großen Schiffen eingekreist würden. Und angesichts dieser Übermacht bestand kein Zweifel am Ausgang dieser letzten, großen Auseinandersetzung. Für den Führer würden sie alle bis zum letzten Mann kämpfen und, falls nötig, die *Bismarck* eigenhändig versenken. Es läßt sich wohl unschwer vorstellen, welche Wirkung diese kurze Ansprache auf die Moral der Besatzung der *Bismarck* gehabt haben muß.

Weshalb war Lütjens so sicher gewesen, daß die großen Schiffe der Royal Navy sich an seine Fersen geheftet hatten? Vor allen Dingen befand er sich in dem falschen Glauben, daß er nach wie vor von der *Norfolk* und der *Suffolk* beschattet wurde, von welchen beiden Schiffen er erwartungsgemäß annahm, daß sie die britischen Schlachtschiffe an ihn heranführen wollten. Des weiteren war die *Bismarck* kurz zuvor in Funkkontakt mit der deutschen Admiralität getreten, welche nach von Mullenheims Aussage die wahre Position der *Bismarck* nicht kannte, und hatte von dort, zweifellos auf der Basis der von Dönitz' U-Booten eingehenden Meldungen, Informationen über die Positionen ihrer Verfolger erhalten, womit nicht nur fälschlicherweise suggeriert wurde, daß die *Bismarck* weiterhin gejagt wurde, sondern Störungen bei der Übertragung auch noch zu der irrigen Annahme führten, daß sich die britischen Schlachtschiffe bereits in unmittelbarer Nähe befanden. Aufgrund dieser irreführenden Informationen ordnete Lütjens eine Kursänderung an, welche die *Bismarck* eben jene unersetzbaren Stunden kosten sollte, die so häufig über Leben und Tod entscheiden.

Der Funkverkehr der *Bismarck* wurde von britischen Funkstationen abgehört, womit sich auch die genaue Position des deutschen Schiffs bestimmen ließ. Dem ungläubigen Staunen der britischen Admiralität, daß die *Bismarck* auf solch selbstmörderische Weise die Funkstille brechen und damit ihre Position preisgeben sollte – damals wußte man dort allerdings noch nicht, daß sich die *Bismarck* immer noch verfolgt glaubte –, kamen nur noch die immense Erleichterung und der Eifer gleich, mit dem die entsprechenden Koordinaten an Flottenoberbefehlshaber Admiral Tovey weitergeleitet wurden.

Aufgrund eines höchst ungewöhnlichen Zufalls, der sich auch noch zum fast genau gleichen Zeitpunkt ereignete, erhielt auch Tovey auf der *King George V* einen hinsichtlich der Position des Feindes ähnlich irreführenden Bericht wie kurz zuvor Lütjens auf der *Bismarck*. In Toveys Fall waren die Koordinaten jedoch richtig übertragen, auf der Karte des Schlachtschiffs dann aber falsch ausgearbeitet worden. Das Resultat war jedoch dasselbe. Beide Admirale wurden irregeführt, und dies in einem entscheidenden Augenblick.

Die an Bord der *King George V* angestellten Berechnungen ergaben, daß die *Bismarck* sich inzwischen, nicht wie erwartet, südlich von ihrer letzten bekannten Position befand, sondern nördlich davon. Das konnte nur eines bedeuten; sie steuerte ihren Heimatstützpunkt in Norwegen an und nicht, wie erst jeder gedacht hatte, Brest. Nun galt es, keine Zeit zu verlieren, wenn es nicht überhaupt schon zu spät war. Tovey erteilte an seine über den gesamten Atlantik verstreuten Schiffe unverzüglich den Befehl, zu wenden und auf die Nordsee zuzuhalten.

Das tat dann auch jedes Schiff – mit Ausnahme der *Rodney*. Captain Dalrymple-Hamilton auf der *Rodney* bezweifelte, daß sich die *Bismarck* wieder in die Nordsee zurückziehen würde, und da er sich im Moment gerade genau an einem Punkt ihres möglichen Fluchtwegs nach Brest aufhielt, beschloß er, an Ort und Stelle zu bleiben. Wenig später sollte er zwar von der Admiralität einen Funkspruch erhalten, in dem er aufgefordert wurde, sich den anderen Schiffen anzuschließen. Dalrymple-Hamilton ignorierte diesen Befehl jedoch einfach und blieb, wo er war.

Später an diesem Nachmittag – die allgemeine Anspannung war inzwischen ins Unerträgliche angewachsen – gingen bei Tovey weitere Funksprüche ein, welche die Koordinaten der *Bismarck* zum Inhalt hatten; und daraus ging nun eindeutig hervor, daß die bisher angenommene Position des deutschen Schlachtschiffs falsch berechnet worden war und die *Bismarck* tatsächlich Kurs auf Brest eingeschlagen hatte. Tovey war zutiefst beunruhigt, da die Admiralität, wie er wußte, über dieselben Daten verfügen mußte und die Schiffe der Home Fleet dennoch weiterhin ihren Nordost-Kurs halten ließ. Inzwischen steht völlig außer Zweifel, daß eine Person in den Reihen der Admiralität – wer der Betreffende war, wird sich vermutlich nie feststellen lassen, da man ihren Lordschaften wohl kaum Geschwätzigkeit anlasten kann, wenn es darum geht, von ihnen begangene Fehler zuzugeben oder zu erklären – sich entgegen aller unbestreitbaren Fakten weiterhin auf seine sträflich in die Irre geleitete Intuition verlassen zu müssen glaubte.

Admiral Tovey verließ sich angesichts dieser mißlichen Lage nun ebenfalls auf sein Gefühl und gelangte zu dem Schluß, daß er unmöglich so lange warten konnte, bis man in der Admiralität wieder zur Besinnung kam, weshalb er seinen Flottenverband auf der Stelle wenden und Kurs auf Brest nehmen ließ. Der Genauigkeit halber muß hier allerdings angeführt werden, daß seine Armada, abgesehen von seinem Flaggschiff, nur noch aus der *Norfolk*, der *Rodney* und der *Dorsetshire* bestand, die aus dem Süden hochkamen, sowie der *Renown*, der *Ark Royal* und der *Sheffield* von Force H. Alle anderen Schiffe wurden aufgrund nicht vorhandener Treibstoffversorgungsvorkehrungen von der Admiralität zurückgepfiffen.

Inzwischen wurde auch auf der *Bismarck* der Treibstoff knapp – verzweifelt knapp sogar. Aufgrund eines fast unglaublichen Versehens oder sträflicher Nachlässigkeit war das Schiff mit 2000 Tonnen Treibstoff zu wenig ausgelaufen, und nachdem nun auch noch während des Gefechts mit der *Hood* eine Granate von der *Prince of Wales* in ihren Treibstofflagern explodiert war, waren mehrere hundert weitere Tonnen verlorengegangen, indem sie einfach direkt ins Meer ausgeflossen oder durch Salzwasser kontaminiert worden waren. Die *Bismarck* hatte also kaum noch genügend Treibstoff, um selbst bei extrem treibstoffsparender Fahrt Brest zu erreichen – und dies zu einem Zeitpunkt, wo jede Sekunde kostbar war.

Die Besatzung wußte davon, wie derlei Dinge ja immer sehr schnell zur Besatzung durchdringen. Um nun der zunehmend sinkenden Moral und der gleichzeitig ständig anwachsenden Verzweiflung an Bord entgegenzuwirken, wurde die Nachricht in Umlauf gebracht, daß bereits ein Tankschiff unterwegs sei, um die Treibstoffvorräte der *Bismarck* aufzufüllen, und daß binnen kurzem die Gewässer ringsum von deutschen U-Booten wimmeln würden. Außerdem war von einer Eskorte von Bombern der Luftwaffe die Rede, welche das angeschlagene Schiff sicher in den Heimathafen geleiten sollte.

Das Tankschiff sollte jedoch nie kommen. Und das gleiche galt auch für die U-Boote und die Luftwaffe. Was dagegen nach einer einunddreißigstündigen und zunehmend fieberhafteren Suchaktion durch britische Flugzeuge und Schiffe kam, war eine Catalina, ein Langstreckenflugzeug der Küstenwache. Am 26. Mai um halb elf Uhr vormittags hatte das lange Warten endlich ein Ende. Die *Bismarck* war wieder aufgespürt, ihre letzte Hoffnung auf ein Entkommen endgültig vereitelt. Sie befand sich zu diesem Zeitpunkt mit Kurs auf Brest etwa fünfhundertfünfzig Meilen westlich von Land's End.

Einen höchst aufschlußreichen Hinweis auf die allgemeine Moral an Bord des deutschen Schlachtschiffs zu diesem Zeitpunkt verdanken wir Baron von Mullenheim, dessen Aussage zufolge man auf der *Bismarck* für den Notfall eine Schornsteinattrappe und einen eigenen Set von Flottencode-Erkennungssignalen für den sofortigen Einsatz vorbereitet hatte. Aber nach Mullenheims eigenen Worten war die Besatzung dermaßen frustriert und niedergeschlagen, daß man von keiner dieser beiden Tarnmaßnahmen Gebrauch machte, obwohl sie unter Umständen der *Bismarck* noch das Leben hätten retten können.

Sir John Toveys Erleichterung muß enorm gewesen sein, nachdem er die ganze Zeit hatte glauben müssen, der Feind wäre ihm endgültig entkommen. Sie war jedoch auch sehr kurzlebig. Sein Schiff und die *Rodney*, mit der er inzwischen wieder in Funkkontakt getreten war, lagen, wie er schnell erkennen mußte, viel zu weit hinter dem deutschen Schlachtschiff zurück, um ihm noch den Weg nach Brest abschneiden zu können. Ebensowenig bestand Aussicht, daß die *Norfolk*, die *Dorsetshire* oder die fünf Zerstörer unter dem Oberkommando von Captain Vian auf der *Cossack*, welche erst vor kurzem von einem nach Süden fahrenden Geleitzug abbeordert worden waren, die Bismarck hätten aufhalten können; sie wären schon längst in Grund und Boden geschossen worden, bevor sie auch nur annähernd nahe genug an die *Bismarck* herangekommen wären, um mit ihren Geschützen oder Torpedos etwas gegen sie ausrichten zu können. Sämtliche Hoffnungen, das deutsche Schlachtschiff doch noch aufzuhalten, ruhten also auf den Flugzeugen an Bord der *Ark Royal*, die mit Volldampf von Süden hochkam.

Am Nachmittag des 26. Mai starteten dann gegen drei Uhr von Deck der *Ark Royal* mehrere Swordfish-Torpedobomber, um den, wie es schien, letzten verzweifelten Versuch zu unternehmen, die *Bismarck* doch noch abzufangen. Nach den Worten der offiziellen Verlautbarung erwies sich »der Angriff als erfolglos«. Angesichts zweier Umstände, welche in dieser Erklärung der Admiralität keine Erwähnung fanden, war dies auch nicht weiter verwunderlich: Ein Großteil der Torpedos, die mit noch im Teststadium befindlichen magnetischen Sprengköpfen ausgestattet waren, explodierte bereits beim Aufprall auf der Wasseroberfläche, was jedoch alles andere als schlimm war, da sich der Angriff infolge eines neuerlichen schwerwiegenden

Identifizierungsfehlers nämlich nicht gegen die *Bismarck* richtete, sondern gegen die *Sheffield*, einen der britischen Begleitzerstörer.

Admiral Tovey war der Verzweiflung nahe. Nun gab es seiner Ansicht nach keine Möglichkeit mehr, die *Bismarck* noch zu stoppen. Sowohl er wie die *Rodney* würden sich in wenigen Stunden infolge drastischer Treibstoffknappheit dem Heimathafen zuwenden und die *Bismarck* unbehelligt auf Brest zusteuern lassen müssen. Das wäre der schlimmste Mißerfolg seiner langen und ruhmreichen Laufbahn gewesen.

Doch sollte dem Admiral diese Schmach erspart bleiben. Sir John Tovey und mit ihm auch der gesamten Royal Navy wurde die bitterste aller Niederlagen durch eine Handvoll junger Fleet Air Arm-Piloten an Bord der *Royal Ark* erspart, die inzwischen verzweifelt entschlossen waren, ihren schmählichen Fehler wiedergutzumachen.

Und das sollte ihnen auch fürwahr gelingen. Obwohl ein heftiger Sturm mächtige Regenschwaden über Deck peitschte und die Sicht erheblich beeinträchtigte, schafften sie es doch, vom glitschig nassen, gefährlich schlingernden Flugdeck der *Ark Royal* abzuheben, die *Bismarck* trotz der extrem widrigen Witterungsbedingungen aufzuspüren und trotz erbitterten Beschusses von deutscher Seite einen Angriff zu fliegen. Zwei der Torpedos trafen die *Bismarck*; nach von Mullenheims Aussage waren es drei, aber die genaue Zahl ist hier nicht weiter von Bedeutung, da nur der letzte Torpedo zählte. Dieser explodierte ziemlich weit achtern an der Steuerbordwand und hatte zur Folge, daß sich die Steuerruder des mächtigen Schlachtschiffs verzogen und infolgedessen klemmten. Die *Bismarck* drehte sich zweimal im Kreis, um dann, nicht mehr manövrierfähig, ohne Fahrt liegenzubleiben, keine vierhundert Meilen mehr von Brest entfernt. Die lange Jagd hatte ein Ende gefunden, und die *Bismarck* harrte ihrem Todesstoß entgegen.

3. Teil

Mit diesem durch die Torpedobomber der *Ark Royal* hervorgerufenen Schaden an den Rudern nahm die letzte Nacht im kurzen Leben der *Bismarck* ihren Anfang.

Das größte Schlachtschiff der Welt sah nun seinem sicheren Tod ins Auge, und fast hatte es den Anschein, als spürte auch die Natur, daß nichts mehr ihr Ende abwenden konnte, denn das Wetter in jener Nacht stand in düsterem und bitterem Einklang mit den Gefühlen und Gedanken und der erbarmungslosen Verzweiflung der erschöpften Männer, die an Bord der *Bismarck* noch immer Wache gingen. Kein Mond war in jener Nacht zu sehen, und selbst die Sterne blieben hinter den vom Sturm über den Himmel getriebenen Regenwolken verborgen.

Mit gestoppten Maschinen lag die *Bismarck* reglos in den Tälern zwischen den mächtig anrollenden Wogen des Atlantiks, während das Maschinenpersonal verzweifelt versuchte, den Schaden an den verklemmten Rudern zu beheben. Ihr Leben, das Leben jedes einzelnen Mannes an Bord hing davon ab, ob sie mit ihren Bemühungen Erfolg hatten. Brest lag nur noch zwölf Stunden Fahrt entfernt, wobei schon sechs Stunden genügt hätten, sie in Sicherheit zu bringen, da sie in Küstennähe die Maschinen der Luftwaffe in ihren Schutz hätten nehmen können und sich mit Sicherheit kein englisches Schiff so weit vorgewagt hätte. Aber ohne jede Möglichkeit, das Schiff zu steuern, waren sie vollkommen hilflos.

Ein Steuerruder konnte freibekommen und ausgerichtet werden. Und obwohl es sich gleich wieder verklemmte, stellte dies dennoch schon einen gewaltigen Schritt vorwärts dar. Wenn nun auch das andere freibekommen oder gar ausgerichtet werden konnte, um seinen Bremseffekt zu beheben, bestand immer noch Hoffnung, da das Schlachtschiff sich dann durch die entsprechende Abstimmung der Drehgeschwindigkeiten der beiden mächtigen Schiffsschrauben hätte steuern lassen. Aber das durch die Explosion des Torpedos nachhaltig verzogene Steuerruder klemmte weiter und ließ sich nicht aus dem ungünstigen, spitzen Winkel bewegen, in dem es festgekeilt war.

Die Lage war hoffnungslos. Kostbare Zeit rann dahin, und die Maschinisten, übermüdete und erschöpfte Männer, die schon seit Ewigkeiten keinen Schlaf mehr gefunden zu haben schienen, waren längst am Ende ihrer Kräfte angelangt. Aufgrund des ständigen heftigen Schlingerns des Schiffes und infolge der Dieseldämpfe, welche den lecken Treibstofftanks entwichen, wurden sogar die erfahrensten Seemänner, zum Teil sogar in höchst bedrohlichem Ausmaß, ständig seekrank.

Daraufhin wurde bekanntgegeben, daß demjenigen, dem es gelänge, die Ruder freizubekommen, das Ritterkreuz des Eisernen Kreuzes, die höchste militärische Auszeichnung im damaligen Deutschen Reich, verliehen würde. Doch im Elend eines erbärmlich seekran-

ken Menschen ist kein Platz mehr für Träume vom großen Ruhm, und selbst wenn sich ein Taucher über Bord
und in die nachtschwarze, sturmgepeitschte See hin-
ausgewagt hätte, hätte er kaum etwas anderes erreicht
als seinen Tod. Die mächtigen Wogen hätten ihn binnen weniger Sekunden gegen die Bordwände des
schwer schlingernden Schiffs geworfen und zer-
quetscht.

Darauf trat der Erste Ingenieur mit einem Ratschlag,
welcher eindeutig der Verzweiflung entsprungen war,
an Kapitän Lindemann heran. An dem verklemmten
Steuerruder sollte eine Sprengladung angebracht werden, um es dann einfach wegzusprengen. Lindemann,
der sechs Tage und sechs Nächte lang nicht mehr geschlafen hatte, erwiderte mit der unerschütterlichen
Gleichgültigkeit eines Mannes, der zu viel auf sich genommen hatte und dem nun kein Fünkchen Hoffnung
mehr geblieben war: »Sie können tun, was Sie wollen.
Ich habe mit der *Bismarck* nichts mehr zu schaffen.« Mit
Sicherheit sind dies die tragischsten Worte, die je vom
Kommandanten eines Schiffes geäußert wurden, wenn
man auch Kapitän Lindemann gewiß keinen Vorwurf
daraus machen kann. In seiner Hoffnungslosigkeit, in
der tiefsten Nacht seiner Verzweiflung und in seiner
äußersten Erschöpfung war ihm jeglicher Realitätsbe-
zug abhanden gekommen.

Darauf wurde, möglicherweise von Admiral Lütjens
persönlich, der Befehl erteilt, wieder Fahrt aufzunehmen, worauf die *Bismarck* langsam ihre Fahrt beschleu-
nigte und immerhin sogar eine Geschwindigkeit von
knapp zehn Knoten erreichte. Ohne irgendeine Möglichkeit, das Schiff zu steuern, gierte die *Bismarck* selbstverständlich beträchtlich, wenn sie auch generell Kurs

nach Norwegen hielt – genau auf die englische Küste zu. Das war natürlich das letzte, was Lütjens wollte, wenn er auch nichts dagegen unternehmen konnte. Während der Zeit, in der das Schiff ohne Fahrt heftig schlingernd in den gewaltigen Wellentälern gelegen hatte, waren die Geschützbedienungen so seekrank geworden, daß sie nicht mehr in der Lage waren, ihre Geschütze zu bedienen. Zudem stellte das steuerlose Schiff nur noch eine höchst instabile Feuerplattform dar. Von entscheidender Bedeutung war jedoch der Umstand, daß ein reglos im Wasser liegendes Schiff ein leichtes Ziel für jegliche Torpedoangriffe abgab.

Und dann kamen diese Torpedoangriffe auch unweigerlich. Die ganze Nacht hindurch wurde die *Bismarck* von einer Gruppe britischer Zerstörer attackiert, die das deutsche Schlachtschiff mit ihrer wesentlich höheren Schnelligkeit und Manövrierfähigkeit wie ein Rudel Jagdhunde umkreisten, die nur auf die günstigste Gelegenheit warten, den verwundeten Hirsch endgültig zur Strecke zu bringen. Aber so leicht war der *Bismarck* noch keineswegs beizukommen, mußten die britischen Zerstörer feststellen. Hin und wieder wagte sich einer der Zerstörer aus dem Rudel vor und feuerte seine Torpedos ab, um jedoch sehr bald zu der Erkenntnis zu gelangen, daß dies eine ebenso erfolglose wie gefährliche Taktik war. Irgendwie hatten die Geschützbedienungen der *Bismarck* – und sie setzten sich nicht umsonst aus den besten Männern der deutschen Marine zusammen – doch noch einmal Mut und Kraft geschöpft. Jedenfalls schlugen sie mit dem massierten und extrem treffsicheren Feuer ihrer radargelenkten 38-cm-Geschütze die britischen Zerstörer rasch in die Flucht.

Während dieses Gefechts kommentierte ein deutscher Offizier in den kurzen Intervallen zwischen dem Krachen des Geschützfeuers und dem plötzlichen Aufleuchten der weiß-orangen Mündungsblitze der mächtigen Geschütze, welche das Schiff und die umgebende See in gespenstisches Licht tauchten, über die Sprechanlage den Verlauf des Gefechts: »Ein britischer Zerstörer getroffen... Einer getroffen und in Flammen... Schiff explodiert und sinkt...«

(Diesen Kommentaren lag offensichtlich die Absicht zugrunde, die Moral seiner Männer etwas zu heben, da in besagter Nacht erwiesenermaßen keiner von Captain Vians Zerstörern getroffen, geschweige denn versenkt wurde. In diesem Zusammenhang muß jedoch angeführt werden, daß nicht nur die Deutschen auf derlei psychologische Tricks zurückgriffen. So behaupteten zum Beispiel die britischen Zerstörer ihrerseits – eine Behauptung, die auch in der offiziellen Verlautbarung von seiten der Admiralität bestätigt wurde –, die *Bismarck* wäre im Laufe der Nacht mehrmals torpediert worden, während sie in Wirklichkeit nicht von einem einzigen Torpedo getroffen wurde.)

Noch am Abend hatte der Führer persönlich der *Bismarck* eine Nachricht übermitteln lassen: »Wir sind mit unseren Gedanken bei unseren siegreichen Kameraden.« Er erhielt darauf folgende Antwort: »Schiff vollkommen manövrierunfähig. Werden bis zur letzten Granate kämpfen.«

Es dürfte sich wohl schwer feststellen lassen, welcher der beiden Funksprüche die erschütterndere Wirkung gehabt hatte. Vermutlich letzterer. Dem Tode geweihte Männer als ›siegreiche Kameraden‹ anzusprechen, entbehrte sicherlich nicht einer gewissen Unverfrorenheit. Andrerseits mußte es jedoch auch für Hitler einen schweren Schock bedeutet haben, hören zu müssen, daß man auf dem stolzen Schiff, dem er erst vor wenigen Wochen einen persönlichen Besuch abgestattet und das er bei dieser Gelegenheit als den Stolz der Reichsmarine bezeichnet hatte, jede Hoffnung aufgegeben hatte.

Wie Lütjens es ausgedrückt hatte, war das Schiff vollkommen manövrierunfähig. Die lange, dunkle Nacht zog sich dahin, und entgegen allen Bemühungen erwies es sich als absolut unmöglich, die *Bismarck* auf Kurs in Richtung Brest zu bringen. Sie mußte jedoch um ihrer eigenen Sicherheit willen in Bewegung bleiben, auch wenn ihr Wind und Wellen hinsichtlich der Richtung keine andere Wahl ließen, als nach Norden auf die englische Küste zuzusteuern.

Inzwischen graute der Morgen, ein fahler, freudloser Morgen mit tief hängenden Regenwolken und grauer, stürmischer See. Der Besatzung gegenüber konnte der Kurs, auf dem sich das Schiff befand, nun nicht mehr länger verheimlicht werden, und über die *Bismarck* breiteten sich Verzweiflung und lähmende Angst. Um die damit verbundene Mutlosigkeit nicht vollends überhandnehmen zu lassen, wurde eine offizielle Meldung an die Männer auf ihren Stationen weitergeleitet – es waren nicht mehr viele, die ihrer Erschöpfung standhalten konnten –, derzufolge von Nordfrankreich bereits mehrere Stukageschwader unterwegs waren. Außerdem hieß es darin, daß der *Bismarck* außerdem ein Tanker, mehrere Schlepper und ein Geleitschutz von Zerstörern zu Hilfe eilten. Nichts daran war wahr. Die Luftwaffe wurde von demselben Sturm und denselben tiefhängenden, windgepeitschten Regenwolken am Start gehindert, die auch über die *Bismarck* hinwegfegten. Die Schlepper und der Tanker lagen noch im Hafen von Brest vor Anker, und die Zerstörer sollten nie kommen.

Statt dessen tauchten die zwei stärksten Schlachtschiffe der britischen Home Fleet auf, die *Rodney* und die *King George V*, welche von Westen her näher kamen, so daß sie die *Bismarck* zwischen sich und dem heller werdenden Horizont im Osten hatten. Die Männer auf der *Bismarck* wußten, daß es diesmal kein Entkommen mehr gab, daß die versprochenen Stukas, Zerstörer und U-Boote nie kommen würden und daß die britischen Schlachtschiffe, die auf Rache für die versenkte *Hood* sannen, eine leere See hinter sich zurücklassen würden, wenn sie schließlich auf Heimatkurs gingen. Die *Bismarck* bereitete sich auf ihr Ende vor.

In den Geschütztürmen, neben den gewaltigen Maschinen, in den Magazinen und Feuerleitstationen, überall lagen oder saßen erschöpfte Männer auf ihren Stationen, in sorglosen, betäubten Schlaf versunken. Nach Aussagen eines der wenigen überlebenden Offiziere lagen auf der Brücke hohe Offiziere wie tot auf dem Boden; der Steuermann war neben dem nutzlosen Steuerrad ausgestreckt, und vom Admiral und den Mitgliedern seines Stabs war keine Spur zu sehen. Sie mußten aus der Tiefe ihres so verzweifelt benötigten Schlafs regelrecht geschlagen und geschüttelt werden, um in dem grausamsten und bittersten Morgengrauen zu erwachen, das sie je erlebt hatten; und für die meisten von ihnen, mit Ausnahme einiger weniger, sollte es das letzte Erwachen werden.

Noch bevor alle geweckt waren und ihre Gefechtsstationen eingenommen hatten, um den Kampf aufzunehmen, hatte die *Rodney* bereits vier Minuten später, nachdem sie die *Bismarck* gesichtet hatte, aus ihren mächtigen 41-cm-Geschützen das Feuer eröffnet. Für die wartenden Männer auf der *Bismarck* mußte eine solche volle Breitseite von der *Rodney*, deren mächtige drei Dreiergeschütztürme alle auf dem enorm langen Vorderdeck aufgereiht waren, einen ebenso beeindruckenden wie erschreckenden Anblick geboten haben, wenn auch nicht erschreckender als das durch Mark und Bein gehende Pfeifen der heransausenden Salve, die trockenen Donnerschläge der in nächster Nähe auf der Wasseroberfläche explodierenden Granaten und die gewaltigen Wasserfontänen, die gute fünfzig Meter hoch in den bleiernen Himmel aufspritzten.

Die erste Salve verfehlte ihr Ziel. Das gleiche traf auf die unmittelbar darauf folgende erste Salve von der *King George V* zu. Doch inzwischen schlug die *Bismarck* auch schon zurück, wobei sie, vermutlich zu Recht, von der Annahme ausging, daß die *Rodney* der gefährlichere Gegner war. Deshalb galt ihr auch die erste Salve, die allerdings viel zu kurz geriet. Aber unmittelbar darauf sollte die *Bismarck* mit Nachdruck unter Beweis stellen, daß sie sich keineswegs umsonst binnen vier kurzer Tage den fast schon legendären Ruf höchst ungewöhnlicher Treffsicherheit erworben hatte, indem sie nämlich die *Rodney* arg in Bedrängnis brachte, so daß diese bei einem raschen Ausweichmanöver Zuflucht suchen mußte.

Dennoch feuerte die *Rodney* weiterhin aus jedem verfügbaren Geschütz, während die *King George V*, welche von der *Bismarck* vorübergehend außer acht gelassen worden war, sich dieser nun von vorn näherte und sie mit ihren vorderen sechs großen 38-cm-Geschützen unter Beschuß nahm. Auch der Kreuzer *Norfolk*, welcher der *Bismarck* aus den fernen Gewässern der Dänemark-Straße so hartnäckig gefolgt war, griff nun in den Kampf ein, wenig später gefolgt von der *Dorsetshire*, die nach einer zermürbenden Nachtfahrt durch sturmgepeitschte Gewässer und schwere Seen eben am Schauplatz des Geschehens eingetroffen war. Keine fünfzehn Minuten nach Beginn des Gefechts wurde die *Bismarck* bereits von zwei Schlachtschiffen und zwei Kreuzern unter massiven und anhaltenden Beschuß genommen.

Die Lage war aussichtslos. Selbst für ein voll fahrtüchtiges und manövrierfähiges Schiff mit einer ausgeruhten und zuversichtlichen Mannschaft wäre eine solche feindliche Übermacht zu viel gewesen. Und die *Bismarck* konnte sich nur noch schleppend vorwärtsbewegen, jedes Manövrieren war völlig ausgeschlossen, und ihre Besatzung war völlig erschöpft, mutlos und demoralisiert. Rückblickend liegen unsere Sympathien angesichts des langen zeitlichen Abstands sicherlich eher bei der *Bismarck*, die in ihrer Hilflosigkeit ein hervorragendes Ziel abgab und nun unerbittlich in Stücke geschossen werden sollte. Aber damals dachte kein Mensch an Gnade, sondern nur an Rache und Zerstörung. Und angesichts der Tatsache, daß erst vor vier Tagen die *Hood* versenkt und mit ihr eintausendfünfhundert Mann in den Tod gerissen worden waren, war diese Unerbittlichkeit nicht weiter verwunderlich. Zudem konnten jeden Augenblick die Stukas oder die deutschen U-Boote auftauchen.

Bereits fünfzehn Minuten, nachdem die ersten Salven abgefeuert worden waren, ließ sich eine merkliche Verschlechterung der Häufigkeit und Treffgenauigkeit des Feuers der *Bismarck* feststellen. Immer mehr Granaten von den beiden britischen Schlachtschiffen fanden ihr Ziel, und das gewaltige Krachen der einschlagenden Geschosse, die Wolken beißenden Qualms und das allgemeine, durch die eigenen Geschütze noch zusätzlich verstärkte Getöse übten eine verheerende und in höchstem Maße demoralisierende Wirkung auf die sowieso schon vor Erschöpfung halb betäubten, in der Enge ihrer Geschütztürme zusammengepferchten Geschützbesatzungen aus.

Die wenigen Offiziere, die auf der Brücke der *Bismarck* immer noch hartnäckig ihre Stellung hielten, stellten nun fest, daß der Beschuß von seiten der *King George V* zusehends nachließ (die *King Georg V* hatte mit ähnlichen Geschützturmproblemen zu kämpfen wie ihr Schwesterschiff, die *Prince of Wales*, so daß ab einem bestimmten Zeitpunkt nur noch zwei ihrer zehn Geschütze funktionstauglich waren). Daraufhin konzentrierte die *Bismarck* ihr Feuer wieder voll auf die *Rodney*. Doch es war längst zu spät.

Die *Rodney* war inzwischen ziemlich nahe herangekommen und hatte sich auch hervorragend auf ihr Ziel eingeschossen. Ihre riesigen 41-cm-Granaten, jede davon 1200 Kilo hochexplosiven Sprengstoffs, schlugen mit steter Regelmäßigkeit in die lebenswichtigen Bestandteile der erzitternden *Bismarck* ein. Ein Geschoß traf den Feuerleitturm und riß ihn in seiner Gänze über Bord. Danach war es mit jeglicher Abstimmung der einzelnen Geschütze der *Bismarck* vorbei. Eine weitere 41-cm-Granate machte den beiden vorderen Geschütztürmen den Garaus, indem sie Turm A zerstörte und einen Teil von Turm B gegen die Brücke zurückschnellen ließ, so daß fast alle dort anwesenden Offiziere und Männer getötet wurden. Außerdem explodierten tief im Innern der *Bismarck* immer wieder Granaten von den beiden britischen Schlachtschiffen, welche die Maschinenräume zerstörten, die Treibstofftanks zerfetzten und Hunderte von Tonnen Öl in die Flammen fließen ließen, welche sich bereits im gesamten Mittelteil des Schiffes ausgebreitet hatten. Durch die mächtigen, zerklüfteten Öffnungen, die die Granaten in die Panzerung der *Bismarck* gerissen hatten, waren die lodernden Flammen bereits deutlich zu erkennen.

Und an Bord dieses zerschundenen, zerlöcherten und lichterloh brennenden Chaos aus verbogenem Stahl und zerfetzten Körpern, das alles war, was von der *Bismarck* und ihrer Besatzung noch übriggeblieben war, spielten sich nun alptraumhafte Szenen ab.

Inzwischen schlugen bereits zwei, vier oder manchmal sogar sechs von den 41-cm-Granaten der *Rodney*, die nur noch zwei Meilen entfernt war, auf der *Bismarck* ein, wo Gruppen von verzweifelten Männern wie aufgescheuchte Tiere auf dem Oberdeck blindlings hin und her liefen und verzweifelt nach einem Ausweg aus dem zweifachen Schrecken einerseits der tödlichen Breitseiten und andrerseits der rotglühenden Deckplatten suchten, welche sich bereits unter ihren Füßen zu verformen und aufzuwölben begannen. Die meisten wählten den naheliegendsten Ausweg – einen Sprung in die von Geschossen zerpflügte See und in den Tod durch Ertrinken.

In den Geschütztürmen verließen die Besatzungen ihre inzwischen nutzlos gewordenen Geschütze und stürzten auf die Ausgangstüren zu. Einige ihrer Offiziere begingen Selbstmord, andere richteten ihre Pistolen gegen ihre eigenen Männer, um jedoch schnell überwältigt zu werden. Und dann mußten die Männer feststellen, daß die Türen sich verzogen hatten und sich nicht mehr öffnen ließen. Eingeschlossen in den eisernen Sarg ihres Geschützturms, in dem sie so vorbildlich ihren Dienst versehen hatten, versanken sie auf den Grund des Atlantik.

Auch Luken klemmten überall auf der *Bismarck* und ließen sich nicht mehr öffnen. Zweihundert Männer, die auf diese Weise in der Kantine eingeschlossen worden waren, versuchten verzweifelt, sich aus ihrem Gefängnis zu befreien, als eine Granate das Deck durchschlug und im Innern explodierte, so daß sich die höllische Zerstörungswut der enormen Druckwelle und der die Luft durchsiebenden Granatsplitter auf diesem engen Raum in vielfacher Intensität entfaltete. Keiner der Eingeschlossenen hat überlebt.

Doch konnten diese Männer sich noch glücklich schätzen, was die Art ihres Todes betraf – glücklich, wenn man den Vergleich zu dem entsetzlichen Schicksal der in den Magazinen eingeschlossenen Matrosen zieht. Von fast allen Seiten waren diese Magazine von lodernden Flammen umgeben, und als die metallenen Schotten sich mehr und mehr aufheizten, so daß sie schon langsam rot zu glühen begannen, naherten sich auch die Temperaturen in den Magazinen dem Siedepunkt. Daß dies nur eines nach sich ziehen konnte, war den wenigen Männern vom Lecksicherungsdienst, die nach wie vor auf ihren Posten ausharrten, nur zu klar, zumal sie sich bestimmt noch lebhaft daran erinnern konnten, wie vor wenigen Tagen die *Hood* buchstäblich ins Nichts zersprengt worden war, als ihre Magazine explodierten. Sie hatten keine andere Wahl, als genau das zu tun, was sie in der Folge auch taten. Sie fluteten die Magazine und ertränkten damit auch ihre eigenen Kameraden in dem rasch steigenden Wasser.

Und nicht minder alptraumhaft als die Szenen, die sich an Bord der *Bismarck* abspielten, war auch der Anblick, den das mächtige Schiff selbst bot. Durch die Tausende von Tonnen Meerwasser, die durch die mächtigen Klüfte in ihren Bordwänden ins Innere drangen, zusätzlich belastet, schlingerte das Schiff schwer in den Tälern der mächtigen Atlantikwogen – ein übel mitgenommenes, zerschossenes Wrack.

Der Hauptmast stand nicht mehr, der Kommandoturm war verschwunden, der Schornstein war weggerissen. Sämtliche Rettungsboote waren zerstört, die Geschütztürme neigten sich gefährlich zur Seite, so daß die Läufe der Geschütze entweder auf die See hinab oder in den leeren Himmel hinauf gerichtet waren, und die verbogenen und zerklüfteten Stahlträger und -platten, die einst die Aufbauten des stolzen Schiffs gebildet hatten, erglühten erst rot und dann in grellem Weiß, je höher die lodernden Flammen aus dem Innern des Schiffs nach oben stiegen. Doch die *Bismarck* starb immer noch nicht.

Fraglos war sie das widerstandsfähigste und unzerstörbarste Schiff, das je gebaut worden war. Sie war von der *Prince of Wales* getroffen worden, und sie hatte Hunderte von schweren, hochexplosiven Granaten von der *King George V*, *Rodney*, *Norfolk* und *Dorsetshire* auf sich niedergehen lassen müssen. Sie war von den Flugzeugen der *Ark Royal* und der *Victorious* torpediert worden. Und in ihrem letzten Gefecht war sie auch noch einmal von den Torpedos der *Rodney* und der *Norfolk* getroffen worden. Und dennoch befand sie sich unglaublicherweise immer noch am Leben. Kein Schiff der Seegeschichte hatte je auch nur annähernd solchen Beschuß über sich ergehen lassen müssen wie die *Bismarck*, ohne unterzugehen. Es war schon fast unheimlich.

Sie sollte schließlich auch nicht unter den Geschützen der beiden britischen Schlachtschiffe den Tod finden, die sie zu diesem lodernden Wrack zerschossen hatten. Vielleicht waren sie angesichts ihrer unglaublichen Widerstandsfähigkeit zu der Ansicht gelangt, daß sich die *Bismarck* durch Granatfeuer einfach nicht versenken ließ. Vielleicht waren die Ursachen auch ihre gefährliche Treibstoffknappheit oder die Gewißheit, daß jeden Augenblick deutsche U-Boote am Schauplatz des Geschehens eintreffen konnten – vielleicht waren sie auch nur des mörderischen Gemetzels müde. Jedenfalls gingen die *King George V* und die *Rodney* nach erfüllter Mission auf Heimatkurs.

Die *Bismarck* sollte sich nie ergeben. Ihre Fahnen flatterten noch hoch im Wind, als sich die *Dorsetshire* dem stummen, leblosen Schiff näherte und aus unmittelbarer Nähe drei Torpedos darauf abfeuerte. Fast sofort neigte sich die *Bismarck* nach Backbord, ihre Fahnen berührten die Wasseroberfläche, und dann kenterte der mächtige Rumpf kieloben und verschwand in den Wogen. Das alles ging völlig lautlos vor sich, abgesehen von dem heftigen Zischen und Schmatzen, das entstand, als sich das eisige Wasser des Atlantiks über dem rotglühenden Stahl der Aufbauten schloß.

Die lange Jagd hatte ein Ende gefunden – die *Hood* war gerächt.

Die Meknes

Während der Kriegsjahre 1939–45 war der Ärmelkanal Schauplatz zahlreicher ungewöhnlicher und zuweilen – vor allem während des Invasionssommers von 1944 – schlechtweg unglaublicher Ereignisse. Dennoch kann ohne Übertreibung behauptet werden, daß sich dort zu keinem Zeitpunkt während des Krieges ein verblüffenderer, erstaunlicherer und unwahrscheinlicherer Anblick geboten hat, als in einer Nacht gegen Ende Juli des Jahres 1940, etwa sechzig Meilen von der Küste der Isle of Wight entfernt.

Es handelte sich dabei um ein Schiff, einen ganz gewöhnlichen 6000-Tonnen-Fracht- und Passagierdampfer, der jedoch ein höchst unübliches Verhalten an den Tag legte. Man hätte einen Blick auf das Schiff werfen können, um selbst nach einem zweiten, erstaunten Blick zu keinem anderen Ergebnis gelangen zu können, als daß es in diesem Fall wohl nicht angeraten war, seinen eigenen Augen zu trauen. In Kriegszeiten war während der Stunden der Dunkelheit auf dem Kanal äußerste Vorsicht das oberste Gebot, und dazu gehörte unter anderem auch die rigoros durchgeführte Verdunkelung sämtlicher Lichtquellen. Ein aus Unachtsamkeit durch eine Öffnung in die Nacht entfliehender Lichtstrahl, ein sorglos angezündetes Streichholz oder eine im Dunkel glimmende Zigarette konnten genügen, um die Aufmerksamkeit eines feindlichen U-Boots oder Torpedoboots auf sich zu lenken.

Und dennoch war an Bord dieses Schiffes Licht zu sehen – *und nicht nur eines, sondern Hunderte von Lichtern.*

Es war, als hätte man einen ganzen Jahrmarkt mitten auf den Kanal verpflanzt. Sämtliche Verdunklungsvorkehrungen waren entfernt und alle Lichter hinter den Bullaugen eingeschaltet worden. Nicht weniger erstrahlten die Decks und die Aufbauten sowie die Brücke in vollem Lichterglanz. Starke Scheinwerfer beleuchteten den Namen und die Landesfarben auf beiden Seiten des Rumpfs. Eine riesige Flagge, die auf Deck gepinselt worden war, wurde ebenfalls deutlich erkennbar beleuchtet. Schließlich waren noch zwei extrem starke Suchscheinwerfer auf die dreifarbige Flagge gerichtet, welche hoch über dem Heck flatterte.

Die Nacht war relativ ruhig, der Himmel klar, die Sicht gut. Das hell erleuchtete Schiff mußte sicher für jedes andere Schiff in einem Umkreis von fünfhundert Quadratmeilen sichtbar sein, und aus der Luft sogar innerhalb einer Fläche des zehnfachen Umfangs.

Bei diesem eigenartigen Schiff handelte es sich nun um die *Meknes* der *Compagnie Générale Transatlantique*, und es hatte hinreichend Grund für diese übertriebene Zurschaustellung – oder zumindest dachte man dies damals.

Mit 1180 französischen Schiffsoffizieren und Matrosen an Bord, bei denen es sich hauptsächlich um Reservisten handelte, die bis zur Kapitulation ihres Landes auf einem französischen Schlachtkreuzer gedient hatten, um dann nach Großbritannien gebracht zu werden, war die *Meknes* auf dem Weg von Southampton nach Marseille. Die französischen Seeleute hatten sich dafür entschieden, in ihre Heimat zurückzukehren. Marseille war damals ein neutraler Hafen, und die Heimkehrer hatten den Status von Nichtkämpfern inne. Da die Vichy-Regierung unter Marschall Pétain eben einen separaten Frieden mit Deutschland geschlossen hatte, hätten die französischen Heimkehrer als neutrale Personen betrachtet werden müssen, womit sie in den Genuß des Schutzes gelangten, welchen das Völkerrecht Neutralen garantiert. Entsprechend hatte die britische Regierung Vichy über die Rückführung informiert und darum gebeten, die Deutschen davon in Kenntnis zu setzen, damit diese die Immunität des Transports nicht verletzten. Außerdem, so fügten die Briten dem noch hinzu, würden die entsprechenden Maßnahmen ergriffen werden, um die Identität des Schiffes unmißverständlich klarzustellen.

Und an der Identität des Schiffes bestanden mit Sicherheit keine Zweifel, als die *Meknes* um sechzehn Uhr dreißig in Southampton in See stach, die Isle of Wight passierte und dann mit fünfzehn Knoten den Kanal hinunterdampfte.

Während der ersten paar Stunden verlief alles glatt, und selbst von den Ängstlichsten wich allmählich die Anspannung, je mehr die allgemeine Zuversicht wuchs, daß man den neutralen Status des Schiffs respektierte, als gegen zweiundzwanzig Uhr dreißig der Wachoffizier das Geräusch mächtiger Maschinen rasch näher kommen hörte. Durch die Helligkeit der Lichter an Bord der *Meknes* geblendet, war er nicht einmal imstande, auch nur die Umrisse des nahenden Boots zu erkennen. Doch binnen kurzem hatten der phosphoreszierende Schimmer seiner hohen Bugwelle und der vertraute Klang seiner Maschinen alle seine Zweifel ausgemerzt – es konnte sich dabei nur um ein deutsches Schnellboot handeln. Er griff sofort zum Telefon, um den Vorfall dem Kommandanten der *Meknes*, Kapitän Dulroc, zu melden, doch bevor er auch nur das erste Wort hervorbrachte, eröffnete das Schnellboot mit seinen Maschinengewehren das Feuer und nahm die Aufbauten sowie die beiden Bordwände des Schiffes unter heftigen und konzentrierten Beschuß.

Ungeachtet dessen eilte Kapitän Dulroc auf die Brücke, während ringsum Maschinengewehrkugeln mit lautem Krachen gegen stählerne Schotten schlugen und als gefährliche Querschläger in das dahinter liegende Dunkel davonpfiffen. Dulroc glaubte immer noch an die Gültigkeit der Zusage, die ihm freies Geleit zugesichert hatte. Er war fest davon überzeugt, daß es sich hierbei lediglich um ein Mißverständnis handeln konnte, das sich bestimmt schnell aus dem Weg würde schaffen lassen. Er stellte die Maschinentelegraphen auf *Stop* und zeigte durch zwei lange Signale mit dem Nebelhorn an, daß das Schiff die Fahrt eingestellt hatte. Das Maschinengewehrfeuer erstarb unmittelbar darauf, worauf Dulroc das Signal ›Wer sind Sie?‹ in die Nacht hinausblinkte.

Die Antwort folgte auf dem Fuß – und zwar in Form konzentrierter Maschinengewehrsalven auf die Brücke, die mit solcher Treffgenauigkeit abgefeuert wurden, daß die dort anwesenden Offiziere und Männer sich flach zu Boden werfen mußten, um dem mörderischen Beschuß zu entgehen.

Als darauf wieder eine kurze Feuerpause eintrat, nutzte Dulroc eilends die Gelegenheit, in Richtung des noch immer unsichtbaren Angreifers wiederholte Male den Namen, die Nationalität und den Zielhafen der *Meknes* zu morsen. Doch der Kommandant des Schnellboots ließ sich dadurch nicht beeindrucken. Er eröffnete neuerlich das Feuer, wobei er sich diesmal nicht mehr nur auf Maschinengewehre beschränkte, sondern auch schwerkalibrige Waffen, vermutlich Zweipfünder, zum Einsatz brachte.

Binnen weniger Sekunden war jedes Rettungsboot an Backbord mit Ausnahme eines einzigen zur Unbrauchbarkeit zerstört. Damit waren auch die letzten Illusionen verflogen, denen sich Kapitän Dulroc und seine Offiziere bislang noch hingegeben haben mochten. Die anfänglichen Maschinengewehrsalven hätten durchaus noch das Ergebnis einer Fehlidentifizierung oder des Übereifers eines schießwütigen, jungen Schnellbootkommandanten sein können. Aber die Zerstörung ihrer Backbordrettungsboote war kein Zufall. Sie waren im Lichtschein der zahlreichen Deckscheinwerfer in aller Deutlichkeit zu erkennen gewesen und hatten sich scharf gegen das Dunkel der Nacht abgehoben. Das Schnellboot hatte sie in voller Absicht mit seiner Bordkanone beschossen und zerstört, wobei der Grund für dieses Zerstörungswerk nicht weiter schwer zu erraten war.

Die Boote waren zerstört worden, damit sie nicht mehr verwendungsfähig waren – und ihr einziger Verwendungszweck bestand selbstverständlich darin, der Rettung Überlebender zu dienen. Die Meknes, *war Dulroc inzwischen klargeworden, sollte also versenkt werden.*

Um zweiundzwanzig Uhr fünfundfünfzig wurde dann aus unmittelbarer Nähe der unvermeidliche Torpedo abgefeuert. Einer der Überlebenden, Monsieur Macé, unterhielt sich seinen Aussagen zufolge gerade in seiner Kabine mit ein paar Freunden über die möglichen Ursachen des Maschinengewehrfeuers, als eine gewaltige Explosion die Kabinenwände zerfetzte und sämtliche Anwesenden in einem wilden Durcheinander in die Mitte des Kabinendecks schleuderte. Überflüssigerweise, wie Macé trocken bemerkt, rief jemand: »Wir sind torpediert worden!« Dann rappelten sie sich mühsam wieder hoch und bahnten sich durch die zersplitterte Tür einen Weg aufs offene Deck hinaus, um dort feststellen zu müssen, daß das Schiff bereits unter ihren Füßen zu sinken begann und sich vor allem achtern bedrohlich rasch senkte. Allerdings war es nicht der ungewöhnliche Neigungswinkel des Schiffes, der in diesem Augenblick Macés Aufmerksamkeit auf sich lenkte. Der Torpedo hatte gegenüber von Laderaum drei eingeschlagen, wo auf engstem Raum über zweihundert Menschen zusammengepfercht waren.

Macé erinnert sich heute noch mit lebhafter Deutlichkeit der schrecklichen Schreie und des Stöhnens und Jammerns der Eingeschlossenen, der Verwundeten, der Sterbenden und der in dieser Todesfalle weit unter seinen Füßen Ertrinkenden.

Für die meisten der dort unten Eingeschlossenen kam der Tod sehr rasch. Viele waren auf der Stelle tot, und die meisten der wenigen Überlebenden waren zu schwer verletzt, um den durch das riesige Loch in der Bordwand des Schiffs eindringenden und in Windeseile alles mit sich reißenden Wassermassen noch entkommen zu können. Nach Macés Aussagen dürften der Hölle in Laderaum drei höchstens ein Dutzend Menschen entronnen sein. Im Vorschiff war die Lage, fährt Macé fort, nicht minder fürchterlich. Obwohl nach der Explosion der Kessel alle Lichter ausgegangen waren, konnte er von seinem Standort aus deutlich sehen, was sich dort abspielte. Das Vorschiff hatte selbstverständlich keinen unmittelbaren Schaden erlitten – die *Meknes* war lediglich von einem Torpedo getroffen worden. Allerdings hatte dort der Umstand verheerende Auswirkungen, da das Heck der *Meknes* bereits unter der Wasseroberfläche zu versinken begann, wodurch der Bug des Schiffs hoch aus dem Wasser gehoben wurde, so daß das vordere Kielende bereits sichtbar wurde. Mit dem zunehmenden Neigungswinkel des Schiffes rissen sich die schweren Rettungsflöße, von denen einige bereits zum Teil aus ihren Halterungen gelöst worden waren, vollends los und schlidderten nach achtern über die Decks, wobei sie die dicht aneinandergedrängten Gruppen von Männern, für die es in den meisten Fällen der Enge wegen kein Entkommen mehr gab, mit der vollen Wucht ihres Gewichts gegen Schotten, Relings und Stützpfeiler drückten und zerquetschten.

An diesem Punkt lassen wir den Ersten Offizier der *Meknes*, heute Kapitän Philippe Gilbert, mit der Schilderung der Ereignisse fortfahren. Der Kapitän war sich nun im klaren darüber, daß keine Hoffnung mehr bestand, die *Meknes* zu retten. Er ließ einen SOS-Notruf aussenden – über das Notfunkgerät, da inzwischen die gesamte Stromversorgung ausgefallen war – und die Boote unverzüglich zu Wasser bringen. Die noch einsatzfähigen Rettungsboote waren nach Gilberts Aussagen mit erstaunlicher Schnelligkeit aufs Wasser hinabgelassen worden. Obwohl er die Verantwortung für dieses Manöver trug, führt er die erfolgreiche Durchführung dieser Aktion nicht auf sein Mitwirken zurück. *Er vertritt die Ansicht, daß die Verluste an Menschenleben wesentlich höher gewesen wären, wenn nicht fast alle der repatriierten Passagiere selbst Seeleute – und zwar sehr erfahrene Seeleute – gewesen wären.* Deshalb mußte ihnen nicht erst gesagt werden, was sie zu tun hatten. Sie schritten einfach zur Tat, und dies augenblicklich.

Und nun sollten sich die Vorteile einer gründlichen

Ausbildung sehr deutlich zeigen. Das Ende der *Meknes* kam ebenso rasch, wie es höchst spektakulär vonstatten ging. Keine acht Minuten, nachdem sie vom ersten Torpedo getroffen worden war, war sie auch schon unter der Oberfläche des Ärmelkanals verschwunden; dennoch war in dieser kurzen Zeit jedes einsatzfähige Rettungsboot und fast jedes Floß noch rechtzeitig zu Wasser gelassen worden.

In diesem Zusammenhang weist Kapitän Gilbert auf eines der erstaunlichsten Schauspiele hin, das ihm je auf See zu Augen gekommen war. Als sich das sinkende Schiff auf die Seite legte, hatte einer der sich in unmittelbarer Nähe abkämpfenden Männer ein höchst ungewöhnliches – und lebensrettendes – Erlebnis. »Als einer der Schornsteine des Schiffs die Wasseroberfläche erreichte«, erinnert sich Gilbert, »wurde dieser Mann wie von einem gigantischen Staubsauger von ihm angesaugt. Wenige Augenblicke später spuckte ihn ein heftiger Gegendruck vom anderen Ende des Schornsteins wieder aus, so daß er, pechschwarz von Kopf bis Fuß, aber ansonsten unversehrt, wieder im Wasser schwamm.«

Dieser Mann, ein heute in Marseille ansässiger Pilot, gehörte zu den wenigen glücklichen Überlebenden, da die meisten seiner Leidensgenossen dem Untergang der *Meknes* nur entkommen sollten, um dann im weiteren Verlauf der Nacht den Tod zu finden.

Ein paar der Rettungsboote waren gekentert und trieben leer durch die Nacht davon. Ein anderes Boot kenterte kurz nachdem es zu Wasser gelassen worden war, und entleerte seine Insassen ins Meer, da seine Lufttanks durch das Maschinengewehrfeuer durchlöchert worden waren. Für den Großteil der Schiffbrüchigen waren deshalb die Flöße und im Wasser schwimmende Schiffstrümmer, an denen zum Glück kein Mangel herrschte, die einzige Hoffnung auf Rettung. In den zwei Minuten vor dem Kentern der *Meknes* waren Hunderte von Männern über Bord gesprungen und auf die im Wasser schaukelnden Flöße zugeschwommen, um sich auf ihnen in Sicherheit zu bringen. *Die Flöße waren jedoch nach Macés Aussagen in Kürze drastisch überladen. Des weiteren war die See keineswegs so ruhig, wie es noch vor einer Stunde von Deck der* Meknes *erschienen war; und in Verbindung mit dem unruhigen Seegang erwiesen sich selbstverständlich die überladenen Flöße als höchst unsicher.*

Die Flöße sanken unter die Wasseroberfläche, so daß binnen kurzem die meisten Insassen bis zur Brust im Wasser saßen – und selbst im Juli kann das Wasser im Ärmelkanal bitter kalt sein. Immer wieder rollten größere Wellen über die Flöße hinweg und rissen den einen oder anderen Insassen mit sich. Die Glücklicheren unter ihnen schafften es, sich wieder an Bord zu ziehen, falls dieser Ausdruck im Falle eines Gefährts noch angebracht ist, das einen halben Meter unter der Wasseroberfläche schwimmt. Eine falsche Bewegung oder eine unachtsame Gewichtsverlagerung in einem ungünstigen Augenblick, wenn eine Welle gerade das andere Floßende hochhob, genügte, um das ganze Floß zum Kentern zu bringen und alle seine Insassen von sich zu werfen. Nachdem sich diese Fälle gehäuft hatten, schafften es nach Macés Aussagen nur noch die kräftigsten Männer, das Floß wieder zu erreichen. Die anderen versanken völlig entkräftet und vergeblich nach Luft schnappend in den Fluten und wurden nie wieder gesehen.

War der Kampf ums bloße Überleben schon schlimm genug, drohte den Schiffbrüchigen noch zusätzliche Gefahr, und zwar von seiten des Feindes, der eben ihr Schiff versenkt hatte. Mehrere Überlebende behaupteten, daß sie im Wasser beschossen worden waren, als sie auf die Flöße zuschwammen. Auch wenn kein Grund besteht, am Wahrheitsgehalt dieser Aussage zu zweifeln, ist dennoch kaum anzunehmen, daß viele der Schiffbrüchigen auf diese Weise ihr Leben verloren. Ein Schwimmer in nächtlicher See gibt ein schlechtes Ziel ab, und es mag in diesem Zusammenhang vielleicht auch von Interesse sein, daß weder Macé noch Gilbert, zwei Zeugen, deren Beobachtungen hinsichtlich ihrer Genauigkeit und Objektivität nicht die geringsten Zweifel aufkommen lassen, sich zu diesem Punkt weiter ausließen. Es erscheint relativ sicher begründet, daß die Schiffbrüchigen, sobald sie die Flöße oder Rettungsboote erreicht hatten, keinerlei weiteren Angriffen mehr ausgesetzt wurden, obwohl ein Überlebender, der Zahlmeister der *Meknes*, behauptet, daß auch noch Männer auf den Flößen mit Maschinengewehrfeuer belegt und getötet wurden. Jedenfalls spielte sich alles in solcher Eile und Überstürzung ab, daß der wahre Sachverhalt wohl nur sehr schwer zu rekonstruieren sein dürfte.

Die ganze Nacht hindurch warteten fast tausend Männer – und zwei Frauen, Offiziersgattinnen, mit einem fünfjährigen Jungen – verzweifelt auf Rettung. Nur wenige davon befanden sich in der relativen Sicherheit der Boote, während die meisten sich an Flöße und im Wasser schwimmende Holzstücke klammerten.

Kurz nach Morgengrauen überflog ein Flugzeug das Gebiet, in dem sich das Unglück ereignet hatte, und dann dauerte es nicht mehr lange – die englische Küste lag nur zwei Schiffsstunden entfernt –, bis die überglücklichen Franzosen vier englische Kriegsschiffe mit Volldampf auf sich zukommen sahen.

Die Rettungsaktion wurde ebenso rasch wie gründlich durchgeführt, so daß alle Überlebenden binnen weniger Stunden wieder englischen Boden betreten konnten. Eine Ausnahme bildete nur eine Gruppe von Überlebenden, von denen man glaubte, sie wären bereits zur französischen Küste unterwegs; außerdem ein paar Rettungsboote mit hundert Seeleuten, die erst durch einen Blenheim-Bomber aufgespürt werden konnten.

Die Zeitungen berichteten damals ausführlichst, welch erbärmlichen Anblick die Geretteten boten – die meisten waren nur mit ein paar spärlichen Kleidungsfetzen bekleidet, manche in Pyjamas oder Unterwäsche, und nicht wenige schließlich waren sogar splitternackt. Sie wurden mit allem, was gerade verfügbar war, eingekleidet – zum Teil sogar mit Frauennachthemden –, und nachdem sie in einer Flottenkaserne mit Nahrung versorgt worden waren, in ein ehemaliges Ferienlager im Nordosten Englands gebracht, um dort ihrem nächsten Rückführungsversuch in die Heimat entgegenzuharren. Davon ausgenommen waren selbstverständlich die hundertfünfzig Offiziere und Seeleute, welche direkt in ein Krankenhaus eingeliefert werden mußten.

Die Versenkung der *Meknes* war eine der größten Schiffskatastrophen des Zweiten Weltkriegs. Fast dreihundert Franzosen, von denen keiner zu diesem Zeitpunkt den Status eines Kämpfers innehatte, verloren in jener Julinacht ihr Leben. Bei dem Versuch, die Hauptursache des Unglücks festzustellen, erweist es sich leider als nicht ganz einfach, die wahren Hintergründe der Katastrophe aufzudecken und entsprechend auch die Schuld daran zuzuweisen. Außer Frage steht selbstverständlich die unmittelbare Ursache des Untergangs der *Meknes*. Die Deutschen unternahmen zwar den ziemlich absurden Versuch, die Schuld an dem Unglück dem Ersten Lord der Admiralität, Mr. A. V. Alexander, in die Schuhe zu schieben, indem er angeblich die Versenkung der *Meknes* aus Propagandagründen selbst angeordnet hätte, um in Frankreich deutschfeindliche Gefühle zu wecken. Aber in Wirklichkeit bestehen hinsichtlich der Verantwortlichen für die Versenkung der *Meknes* keine Zweifel, da nämlich die Deutschen am 25. Juli selbst eine Erklärung veröffentlichten, derzufolge eines ihrer Torpedoboote südlich von Portland ein Schiff versenkt hatte – und genau an dieser Stelle hatte sich die *Meknes* in jener Nacht befunden; zudem war sie das einzige Schiff, das in besagtem Gebiet innerhalb eines relativ langen Zeitraums versenkt worden war.

Das Schiff, das sie versenkt hätten, so behaupteten die Deutschen, sei ein bewaffnetes 18 000-Tonnen-Handelsschiff gewesen – eine offensichtliche Erfindung, mit der sie wohl ihr schlechtes Gewissen aus der Welt schaffen wollten, ein unbewaffnetes, hell erleuchtetes, neutrales Schiff versenkt zu haben. Später änderten die Deutschen jedoch ihre Taktik. Wenn die *Meknes* auch von ihnen versenkt worden war, erklärten sie, war es doch die Schuld der Briten gewesen. Im deutschen Rundfunk wurde bekanntgegeben, daß Großbritannien nicht um freies Geleit für besagtes Schiff ersucht und die zuständigen deutschen Stellen auch nicht über Route und Zeitpunkt der Abfahrt des Schiffes in Kenntnis gesetzt hätte.

Auch diese Behauptung erschien auf den ersten Blick als völlig aus der Luft gegriffen. Die meisten englischen Zeitungen, die über die Katastrophe berichtet hatten, hatten in diesem Zusammenhang auch die Perfidie der Deutschen angeprangert, welche ein Schiff versenkt hatten, dem sie vorher freies Geleit zugesichert hatten. Am darauffolgenden Tag wurde diese Behauptung jedoch von offizieller britischer Seite wieder zurückgenommen, wobei von dieser Meldung selbstverständlich keineswegs dasselbe Aufhebens gemacht wurde wie tags zuvor von den empörten Katastrophenmeldungen. Die Deutschen hatten dem Schiff keineswegs freies Geleit zugesichert. Tatsächlich war nichts weiter geschehen, wie nun in aller Ausführlichkeit geschildert wurde, als daß die Vichy-Regierung über das Vorhaben der Engländer in Kenntnis gesetzt worden war, worauf es ihre Pflicht gewesen wäre, diese Information an die Deutschen weiterzuleiten.

Demnach deutet also alles darauf hin, daß die Deutschen der Meknes nicht nur kein freies Geleit zugesichert hatten, sondern möglicherweise nicht einmal von der ganzen Angelegenheit gewußt hatten.

An diesem Punkt schaltete sich nun die Vichy-Regierung ein. Die französische Admiralität erklärte einstimmig, die britische Regierung hätte versäumt, sie über die geplante Fahrt der *Meknes* sowie deren Route und Zielhafen zu informieren. Wie diese Feststellung in bestimmten Kreisen Großbritanniens aufgenommen wurde, läßt sich unschwer vorstellen.

Entsprechend wurden daraufhin in der britischen Presse Stimmen laut – an einem solchen Beispiel läßt sich relativ gut ablesen, in welchem Maß besonders in Kriegszeiten chauvinistisches Denken (wenn nicht sogar noch Schlimmeres) die Urteilskraft erfahrener Journalisten zu trüben vermag –, daß die Vichy-Regierung im Gegenteil sämtliche Informationen erhalten hatte, um dann jedoch an die Deutschen die Nachricht weiterzuleiten, daß sich in Kürze auf dem Ärmelkanal ein wehrloses Schiff unterwegs befinden würde, während sie offiziell leugnete, je irgendwelche derartigen Informationen von den Engländern erhalten zu haben.

Diese Erklärung erscheint im nachhinein höchst unwahrscheinlich. Wäre dem nämlich tatsächlich so gewesen, hätten die Deutschen sicherlich nicht so plump auf die wegen der Versenkung des Schiffes gegen sie erhobenen Anschuldigungen reagiert. Gewiß hätten sie in diesem Fall schon längst eine passende Geschichte als Erklärung parat gehabt. Zudem erscheint es in höchstem Maße unwahrscheinlich, daß sich irgendein Franzose, wie willentlich und indirekt auch immer, die Schuld am Tod von mehr als tausend seiner Landsleute hätte zukommen lassen.

Demnach bestehen also kaum Zweifel, daß die Hauptverantwortung für den tragischen Verlust der Meknes vor allem bei der britischen Regierung lag. Die offizielle deutsche Nachrichtenagentur ließ damals zu dem Vorfall folgendes verlauten: »Es war die Pflicht der britischen Regierung, die französische Regierung über ihre Absicht in Kenntnis zu setzen, französische Soldaten in ihre Heimat zurückzuführen. Desgleichen hätte sie eine Antwort abwarten müssen, ob dem gefährlichen Transport durch dieses Kriegsgebiet sicheres Geleit zugesichert würde.«

Hat die britische Regierung die Franzosen also wirklich informiert? Aus einer ›maßgeblichen‹ britischen Quelle verlautet: »Die Franzosen... wurden in groben Zügen über unsere Rückführungspläne informiert.« Mit diesem höchst vagen und unklaren Versuch einer Entschuldigung ließ sich die Lage wohl kaum zugunsten der Briten klären.

Die Franzosen erklärten ohne Umschweife, daß sie nicht über die Fahrt der Meknes *informiert worden wären.*

Was in jedem Fall feststeht – und darauf kommt es letztlich an –, ist der Umstand, daß von deutscher Seite keinerlei Garantien hinsichtlich eines freien Geleits für das Schiff gegeben wurden. Dennoch wurde in sträflicher Nachlässigkeit die Genehmigung erteilt, dieses unbewaffnete Schiff, ganz auf sich allein gestellt und ohne jeden Schutz, in den von U-Booten und Torpedobooten verseuchten Ärmelkanal auslaufen zu lassen, ohne eine definitive Antwort von seiten der Deutschen abzuwarten. Es wäre nun wirklich interessant zu wissen, welche britische Behörde oder Regierungsstelle für diese Entscheidung verantwortlich zeichnete. Allerdings kann man in diesem Zusammenhang jetzt schon sichergehen, daß nicht auch nur das winzigste Eckchen dieses Teppichs offizieller Anonymität gehoben werden wird, unter dem doch der Schmutz so vieler Fehler und Nachlässigkeiten verborgen bleibt, die nie ans Licht der Öffentlichkeit gerückt werden.

Darüber hinaus gilt innerhalb der sich Tag für Tag häufenden Katastrophenmeldungen, wie sie in Kriegszeiten gang und gäbe sind, der Tod von dreihundert Nichtkämpfern eher als Bagatelle und fällt auch dementsprechend schnell der allgemeinen Vergessenheit anheim, sobald das erste Entsetzen über die Tragödie abgeklungen ist und vom Schock neuer Katastrophenmeldungen verdrängt wird.

MacHinery und der Blumenkohl

»Geht es Ihnen gut, Mister MacHinery?« erkundigte sich Ah Wong höflich. Er sprach den Namen wie ›Machinelli‹ aus, doch obwohl sich MacHinery im Laufe zehn langer Jahre im Fernen Osten allmählich an diese fürchterliche Aussprache seines legendären schottischen Clannamens, mit dem es kaum etwas aus dem Gotha an Alter aufzunehmen vermochte, gewöhnt hatte, zuckte seine stolze keltische Seele doch jedes Mal wieder von neuem zusammen, wenn er diesen hehren Klang so schnöde entstellt vernahm. Aber Ah Wong, stellte er großmütig fest, war daraus kaum ein Vorwurf zu machen. In manchen Teilen der Welt waren sie eben sozusagen noch wirklich kaum von den Bäumen heruntergeklettert – primitiv und barbarisch und im übrigen, wie MacHinery sich selbst gegenüber eingestehen mußte, auch gar nicht so unähnlich seinen Vorfahren, die noch vor wenigen Jahrhunderten angesichts so dringender Geschäfte, wie die Rinder anderer zu stehlen und gegnerische Clanmitglieder in Stücke zu hacken, kaum Zeit gefunden hatten, sich irgendwelchen kulturell oder geistig höherstehenden Dingen zuzuwenden. Aber zwanzig dazwischen liegende Generationen hatten ihren zivilisatorischen Effekt doch nicht ganz verfehlt...

MacHinery befingerte die Narbe an seiner Stirn, die ihm vor einigen Jahren im Zuge einer hitzigen politischen Debatte mit einer zerbrochenen Bierflasche beigebracht worden war, und lächelte tolerant.

»Ach, mir geht's ganz gut, Mister Wong. Ich kann nicht klagen.«

»So sehen Sie aber nicht aus«, entgegnete Ah Wong ruhig. »Sie sind auffallend blaß und leiden an Schweißausbrüchen. Gleichzeitig zittern Sie am ganzen Körper, als litten Sie an Schüttelfrost. Und auch Ihre Augen sehen nicht wie die eines gesunden Mannes aus.« Er drehte sich zu einem Wandschrank um, dem er eine Karaffe entnahm. Er goß etwas von der braunen Flüssigkeit, die sie enthielt, in ein Glas. »Ein probates Mittel, das wir aus Ihrer Heimat übernommen haben, Mister MacHinery.«

»Das ist genau, was ich jetzt brauche, vielen Dank.« MacHinery schüttete den Inhalt des Glases mit einem Zug hinunter, um sich dann jedoch heftig zu schütteln und in einen Hustenanfall auszubrechen, der ihm die Tränen in die Augen trieb. Mit einem Mal betrachtete ihn Ah Wong mit zusammengekniffenen Augen. Es war noch kein Monat vergangen, seit zwei Matrosen unvermutet tot umgefallen waren, nachdem sie in einem seiner Etablissements eine Flasche von dem Zeug getrunken hatten, bei dem es sich angeblich um echten Scotch handelte. Und hätte er nicht prompt einen mitternächtlichen Transfer von mehreren Fässern Methylalkohol in das Warenlager eines geschätzten Feindes veranlaßt und gleichzeitig einen Brief mit der Überschrift ›Pro Bono Publico‹ an die lokalen Behörden geschickt, hätten wegen dieser Sache mit Sicherheit einige Scherereien auf ihn zukommen können. Jedenfalls ging von diesem Zeitpunkt an Ah Wong jede nicht uneingeschränkt positive Reaktion auf seinen Whisky bedenklich zu Herzen.

»Schmeckt Ihnen mein Whisky nicht, Mister MacHinery?« fragte er vorsichtig.

»Was, nicht schmecken?« hustete MacHinery.

»Mann, das Zeug ist einsame Klasse – haut einen echt um!« Zu seinem Leidwesen war MacHinery gegen jede Art von Whisky allergisch. Trotzdem fiel es ihm nicht sonderlich schwer, die Rolle des Schiffsingenieurs, der gern mal ein bißchen zu tief ins Glas schaute, weiter zu spielen, wie er auch keine Probleme hatte, bei dem dazugehörigen Dialekt zu bleiben. »Ich habe nur ein wenig Fieber, Mister Wong, das ist alles.« Aus langer Erfahrung wußte er, daß es keinen Menschen interessierte, ob es sich bei diesem Fieber um den Ausbruch von Windpocken oder der Beulenpest handelte.

»Ach so.« Ah Wong entspannte sich etwas, soweit man in seinem Fall überhaupt je von einem Zustand der Entspannung hätte sprechen können. »Und Sie sind also der neue Ingenieur der *Grashopper*, Mister MacHinery?«

»Das ist die Strafe für meine Sünden«, stieß MacHinery bitter hervor. »Einen mieseren, rostigeren und dreckigeren alten Blecheimer...«

»In Ihrer Lage kann man nun mal nicht wählerisch sein, Mister MacHinery«, schnitt ihm Ah Wong ungerührt das Wort ab. Er fächelte mit einem Blatt Papier durch die Luft. »Und Ihre Lage ist nun leider einmal alles andere als rosig. Wie ich diesem Empfehlungsbrief meines guten, alten Freunds Benabi entnehme, haben Sie sich in Djakarta wochenlang in der Gosse herumgetrieben, bevor er Ihnen diesen Job gab. Selbst Ihr Ingenieursdiplom ist eine Fälschung – das echte wurde Ihnen abgenommen.«

»Hören Sie mir bloß damit auf. Eine größere Ungerechtigkeit auf Erden können Sie sich...«

»Seien Sie still«, unterbrach ihn Ah Wong geringschätzig. »Ist die Ladung der *Grasshopper* gelöscht und durch den Zoll?«

»Ja, das Ganze ist noch keine dreißig Minuten her.« Am ganzen Körper zitternd, rutschte MacHinery ungeduldig auf seinem Sitz hin und her. Sein Gesicht troff vor Schweiß. Doch Ah Wong nahm davon keinerlei Notiz.

»Gut. Sie haben doch sicher auch eine Kopie der Frachtliste bekommen.« Ah Wong streckte seine Hand aus. »Lassen Sie mal sehen.«

»Immer alles schön der Reihe nach«, winkte MacHinery ab. »Sie wissen inzwischen, wer ich bin. Sie haben es schwarz auf weiß in Ihrem Brief stehen. Aber woher soll ich wissen, wer *Sie* sind? Wer sagt mir, daß Sie beide sich tatsächlich kennen? Sie und Benabi, meine ich natürlich.«

»So ein Idiot wie Sie ist mir doch noch selten begegnet«, brauste Ah Wong auf. »Ich, einer der größten Lebensmittelimporteure in Malaysia, soll Benabi nicht kennen – Benabi, den größten Lebensmittellieferanten in ganz Indonesien?«

»Deswegen brauchen Sie doch nicht gleich ausfallend zu werden«, erwiderte MacHinery stur. »Ich habe immerhin meine Anweisungen, Mister Wong. Und zwar von Mister Benabi persönlich. Er hat gesagt, Sie müssen das Gegenstück dazu vorweisen können.« Damit nahm er ein Stück Reispapier aus seiner Brieftasche, auf dem sich ein eigenartiger Stempelabdruck, nicht größer als ein Daumennagel, befand, und hielt ihn Ah Wong unter die Nase.

»Ach so.« Ah Wong lächelte. Er drehte kurz an dem Siegelring an seinem Mittelfinger, drückte ihn auf ein Stempelkissen und machte dann einen absolut identischen Abdruck auf das Papier. »Das Siegel der zerbrochenen Dschunke. Es gibt auf der ganzen Welt nur zwei solche Siegelringe, und sie befinden sich in unserem Besitz. Benabi und ich – wir sind Brüder.«

»Sieh mal einer an!« bemerkte MacHinery ohne Umschweife. »Dabei ist Benabi ein großer, kräftig gebauter und gut aussehender Kerl von einem Mann, während Sie...«

»Das mit den Brüdern war selbstverständlich nur bildlich gesprochen«, entgegnete Ah Wong kühl. »Die Frachtliste, Mister MacHinery.«

»Ach ja.« MacHinery stand auf, öffnete die Reisetasche, die er mitten auf dem Fußboden von Ah Wongs luxuriöser Wohnung hatte stehenlassen, fischte die Frachtliste heraus und reichte sie seinem Gastgeber.

»Wozu die Tasche?« wollte Ah Wong beiläufig wissen.

»Wozu die Tasche?« wiederholte MacHinery seine Frage voll bitterer Verachtung. »Die *Grasshopper* bleibt zwei Nächte in Singapur, und wenn Sie glauben, ich werde sie an Bord dieses von Flöhen und Wanzen verseuchten Rattenlochs verbringen, dann...«

»Ruhe!« Ah Wong entfaltete die Frachtliste. »Aha, sehr gut. Rinderhälften – einhundert. Schweinehälften – zweihundert. Bananen, Zwiebeln, Bohnen, Paprika, Auberginen, Butter. Ja, es scheint alles dabeizusein. Bester Bandung-Blumenkohl – acht Kisten. Salat – fünfzig. Ja, alles in Ordnung.« Er faltete das Blatt wieder zusammen, sah MacHinery nachdenklich an und sagte plötzlich unvermutet auf kantonesisch: »Ich werde Sie umbringen, mein Freund.«

»Wie bitte? Was haben Sie eben gesagt?« fragte MacHinery verständnislos.

»Ach, nichts.« Ah Wong lächelte. »Ich dachte nur, Sie könnten vielleicht ein Sprachgenie sein.« Dann griff er zum Telefon und sprach rasch auf kantonesisch ein paar Sätze hinein. Nachdem er die einzelnen Posten der Frachtliste abgehakt hatte, hängte er ein, um sich mit einem Lächeln wieder MacHinery zuzuwenden. »Ich habe eben von meinem Restaurant etwas Fleisch und Gemüse für uns bestellt, Mister MacHinery. Lauter frische Ware, die eben mit Ihrem Schiff angekommen ist.«

»Sicher das Beste vom Besten, möchte ich wetten«, entgegnete MacHinery bitter. »Ihr Chinesen laßt euch ja bekanntlich nicht lumpen.«

Ah Wong lächelte erneut – ein Lächeln, dachte Mac-Hinery verärgert, wie man es auf dem Gesicht einer Spinne vermutet hätte, der eben eine besonders dicke Fliege ins Netz gegangen war. Ah Wong seinerseits erachtete es für unnötig, MacHinery davon in Kenntnis zu setzen, daß er rein armenischer Abstammung war und seinen Namen in einer auf kommerzieller Ebene hauptsächlich von Chinesen dominierten Region teils aus geschäftlichen Gründen geändert hatte, zum größten Teil jedoch aus dem einfachen Grund, daß er den hehren Namen seiner Vorfahren nicht unwiederbringlich in den Schmutz ziehen wollte, indem er zu seiner Verbreitung in den Interpol-Akten aller Herren Länder beigetragen hätte.

»Wieso müssen Sie immer gleich das Schlimmste von mir denken, Mister MacHinery?« bemerkte Ah Wong nachsichtig. »Ich dachte doch nur, Sie würden mir vielleicht beim Abendessen Gesellschaft leisten.«

»Abendessen?« Nach kurzem inneren Kampf breitete sich ein versöhnliches Lächeln über MacHinerys

Lippen. »Das ist aber sehr freundlich von Ihnen, Mister Wong – wirklich sehr freundlich. Es ist mir sogar eine Ehre; ich nehme selbstverständlich gerne an.«

MacHinery hatte nicht wieder Platz genommen und durchmaß nun in ruhelosen Schritten den Raum, sein Gesicht weiter von einem deutlich sichtbaren Schweißfilm überzogen. Außerdem zitterte er mehr denn je am ganzen Körper, wobei nun auch noch seine linke Gesichtshälfte nervös zu zucken begann.

»So leid es mir tut, fürchte ich doch, daß es Ihnen nicht ganz gut geht«, machte Ah Wong MacHinery neuerlich auf seinen Zustand aufmerksam.

»Ach was, mit mir ist alles in Ordnung.« Eine kurze Pause. »Verdammt noch mal, eigentlich doch nicht. Ich muß kurz mal weg, um mir etwas Medizin zu besorgen. Ich . . . ich weiß genau, was dafür gut ist.« Er schluckte. »Mir ist übel, Mister Wong, verdammt übel sogar. Wo ist Ihre Toilette? Schnell!«

»Durch diese Tür.«

MacHinery schoß aus dem Raum und schloß die Tür hinter sich. Er drehte beide Wasserhähne am Waschbecken auf und zog die Klospülung, um das Geräusch zu überdecken, das er verursachte, als er die Jalousie hochhob, welche Schutz vor der heißen malaysischen Sonne bot.

Auf der gegenüberliegenden Straßenseite war ein dunkler Kombi mit blau getönten Fenstern und einem Kühlventilator auf dem Dach geparkt. Der Ventilator war nicht in Betrieb. MacHinery streckte seine Hand zum Fenster hinaus und winkte kurz, um dann die Hand wieder zurückzuziehen. Dann wartete er, bis er den Ventilator sich einmal drehen sah, und ließ die Jalousie ebenso vorsichtig wieder herunter, wie er sie gehoben hatte. Er drehte die Wasserhähne ab und betrat wieder Ah Wongs Wohnraum.

»Geht es Ihnen jetzt wieder besser, Mister MacHinery?« Es fiel Ah Wong nicht gerade leicht, sowohl seiner Stimme wie seiner Miene einen mitfühlenden Ausdruck zu verleihen, aber mit etwas Anstrengung schaffte er es schließlich doch.

»Ich fühle mich beschissen«, gestand MacHinery unverblümt. Er zitterte inzwischen wie eine gesprungene Bettfeder, und sogar seine Zähne fingen schon an zu klappern. »Ich muß jetzt weg, Mister Wong. Unbedingt. Wegen meiner Medizin. Aber ich bin sofort wieder zurück.«

»Sagen Sie mir doch, was das für eine Medizin ist, die Sie brauchen, Mister MacHinery; ich kann sie Ihnen bestimmt auf einfacherem Wege beschaffen, da ich nämlich unter anderem auch die meisten Apotheken der Stadt beliefere.«

»Die Medizin, die ich brauche, werden Sie in keiner Ihrer verdammten Apotheken finden«, stieß MacHinery ungestüm hervor. »Nur einen kleinen Augenblick, Mister Wong. Ich bin gleich wieder zurück.« Er strebte auf den Ausgang zu, um jedoch abrupt stehenzubleiben. In der Tür stand nämlich ein Mann – oder zumindest hätte man ihn, dachte MacHinery, höflicherweise als solchen bezeichnen müssen. Allerdings sah er eher aus wie ein früher Prototyp des Neandertalers; nur war er größer, wesentlich größer sogar. Er hatte Schultern wie ein Stier, Hände wie zwei Bananenstauden und ein brutal-debiles Gesicht, das mit einem Preßlufthammer aus einem Granitblock gemeißelt hätte sein können.

»Das ist John, mein Sekretär«, stellte ihn Ah Wong

vor. »Ich glaube, er will nicht, daß Sie gehen, Mister MacHinery.«

»Aha, Ihr Sekretär. So sieht er ja auch unverkennbar aus, finden Sie nicht auch?« MacHinerys ganzer Körper wurde erneut von einem heftigen Schaudern durchzuckt, als er seine Stimme senkte. »Treten Sie mal ein Stück beiseite, Freundchen.«

»Machen Sie keine Dummheiten«, warnte ihn Ah Wong. »John könnte Sie ohne Schwierigkeiten in der Mitte durchbrechen. Seien Sie also schön brav, Mister MacHinery. Legen Sie Ihre Jacke ab, und setzen Sie sich wieder hin. Wieso tragen Sie das Ding bei dieser Hitze und Ihren Schweißausbrüchen überhaupt?«

»Ich bin gegen Sonnenlicht allergisch«, stieß MacHinery zwischen zusammengebissenen Zähnen hervor. »Ich ziehe meine Jacke nie aus. Und jetzt zur Seite, Sie...«

»Hier drinnen scheint die Sonne doch gar nicht«, bemerkte Ah Wong ruhig.

»Ich muß aber raus hier«, fing MacHinery nun zu brüllen an. »Und zwar sofort. Verdammt noch mal, Wong, Sie wissen nicht, was Sie mir hier antun.« Er rannte geduckt auf die Tür los und versuchte, unter Johns ausgestreckten Armen hindurchzukommen. Aber sein Kopf und seine Schultern krachten gegen eine Wand – oder zumindest fühlte es sich für MacHinery so an. Im nächsten Augenblick legten sich auch schon zwei mächtige Greifer um seine Oberarme, hoben ihn mühelos hoch und trugen ihn zu dem Sessel in der Mitte des Raums zurück.

»Sie sind wirklich extrem begriffsstutzig«, sagte Ah Wong mit einem bedauernden Unterton in seiner Stimme. »Ich meine es doch nur gut mit Ihnen, Mister

MacHinery; ich möchte Ihr Freund werden. Und umgekehrt sollen Sie auch meiner werden. Ich glaube nämlich, daß Sie mir etwas bieten können, was selbst für einen Mann in meiner Position nur schwer zu bekommen ist, Mister MacHinery. Ich denke dabei an die unverbrüchliche Loyalität, wie man sie weder mit Geld noch mit feierlichen Schwüren erkaufen kann.«

Vergeblich setzte sich MacHinery gegen den Zugriff der mächtigen Pranken zur Wehr, um schließlich mühsam hervorzustoßen: »Dafür bringe ich Sie um, Wong.«

»Mich umbringen? Ihren Arzt umbringen – den einen Mann, der Ihnen die Medizin beschaffen kann, die Sie so dringend benötigen?« Ah Wong lächelte. »Ihr Mangel an Intelligenz ist wirklich erstaunlich. Nehmen Sie ihm seine Jacke ab, John.«

Das tat John dann auch, indem er den Stoff einfach entlang der Naht am Rücken auseinanderriß und die beiden Hälften MacHinery über Arme und Schultern streifte.

»Und jetzt die Hemdsärmel«, murmelte Ah Wong.

John schnippte nur kurz mit den Fingern, und die Knöpfe flogen von den Manschetten. Im nächsten Augenblick wurden die Ärmel auch schon MacHinerys Arme hinaufgerollt. Für einen langen Moment starrten alle drei Männer auf die Innenseite von MacHinerys Unterarmen hinab. Diese waren von einer Unmenge blaßroter Flecken übersät, von denen keiner mehr als einen Zentimeter vom nächsten entfernt war. Ah Wongs Miene blieb unbeweglich wie eh und je. Er beugte sich über MacHinerys Reisetasche, schob kurz ein Hemd beiseite und nahm ein schmales Kästchen heraus. Er ließ den Deckel aufschnappen und entnahm ihm eine Injektionsspritze.

»Wie praktisch Sie Ihr Handwerkszeug doch gleich parat haben«, sagte er freundlich. »Damit verabreichen Sie sich doch Ihre Medizin, oder nicht? Aber wie ich sehe, ist auf Ihrem Arm kaum mehr Platz für einen weiteren Einstich. Sie sind also süchtig, Mister MacHinery. Ein Rauschgiftsüchtiger. Und jetzt fahren Sie schon langsam aus der Haut, weil Sie dringend einen Schuß brauchen. Ist es nicht so, Mister MacHinery?«

»Dafür bringe ich Sie um, Ah Wong.« MacHinerys Stimme war schwach, fast mechanisch. Er zuckte heftig auf seinem Stuhl. »So wahr mir Gott helfe, das werden Sie mir büßen!« Er wand sich steif in seinem Sessel. Das Weiße seiner Augen trat hervor, sein Mund klappte auf. »Ich bringe Sie um«, krächzte er.

»Sie wollen mich umbringen?« entgegnete Ah Wong gelassen. »Die Gans, die die goldenen Eier legt? Ihren Arzt, wie ich vorhin schon bemerkt habe? Sie wollen den Arzt umbringen, der sich nicht nur voll über Ihr Leiden im klaren ist, sondern Ihnen auch die einzige Linderung verschaffende Medizin zu verschreiben weiß? Zu verschreiben und auch zu liefern – und zwar auf der Stelle. Es geht doch hier um Heroin, oder nicht, Mister MacHinery?«

Johns Griff lockerte sich. MacHinery erhob sich mühsam und faßte Ah Wong an den Armen. »Sie haben Stoff?« flüsterte er. »Mein Gott, Sie haben Stoff? Hier?«

»Ja, hier.« Ah Wong blickte in die gehetzten Augen seines Gegenübers. »Von meinem Freund Benabi. Er ist sogar noch gerissener, als ich dachte. Bisher war das einzige schwache Glied in unserer Organisation der Kurier von Djakarta nach Singapur. Aber das wird sich von nun an ändern. Sie können für den Rest Ihres Lebens so viel von dem kostbaren, weißen Pulver haben, wie Sie wollen, Mister MacHinery – und wann und wie oft Sie wollen.«

»Sie meinen... soll das heißen, ich brauche mir nie mehr Gedanken zu machen, wie ich an den Stoff rankomme? Ich werde nie mehr lügen oder betteln oder betrügen oder stehlen müssen, um mir etwas Stoff zu beschaffen? Ich werde einfach immer welchen haben?«

»Solange Sie in meinen und Benabis Diensten stehen, werden Sie sich diesbezüglich zumindest keine Sorgen mehr machen müssen.«

»Sie können voll auf mich zählen«, erklärte MacHinery schlicht.

»Daran zweifle ich nicht im geringsten.« Ah Wong bedachte ihn mit einem verächtlichen Blick, schüttelte MacHinerys Hände von sich ab und trat erneut ans Telefon, um ein paar kurze Sätze hineinzusprechen. Nachdem er wieder aufgelegt hatte, erklärte er: »Es dauert nur noch eine Minute – nicht länger.«

»Gütiger Gott!« entfuhr es MacHinery. »Wenn ich nur daran denke, wie oft ich schon halb von Sinnen durch ganz Singapur geirrt bin, um mir etwas Stoff zu besorgen! Immer wieder habe ich mich gefragt, wo wohl die Quelle sein könnte, aus der dieser Riesenbedarf gespeist wird. Wenn ich da nur rankommen könnte...«

»Jetzt sind Sie an der Quelle angelangt, Mister MacHinery. Sie brauchen sich also nicht mehr länger den Kopf zu zerbrechen.«

»Sie... Sie versorgen die ganze Stadt?«

»Mehr oder weniger.«

»Aber... aber haben Sie sich denn nie Gedanken gemacht, was Sie da eigentlich tun? Haben Sie schon mal einen Mann gesehen, einen Süchtigen im fortgeschrittenen Stadium, der keinen Stoff mehr beschaffen kann? Oder einen, der von dem Zeug loskommen will? Haben Sie schon mal gesehen, wie so einer durchdreht, plötzlich wie von Sinnen zu schreien und zu brüllen anfängt? Haben Sie das schon mal gesehen?«

»Seien Sie doch nicht so naiv, Mister MacHinery. Natürlich habe ich das schon gesehen – mehr als genug sogar. Deshalb halten sich die Vernünftigeren ja auch ans Opium. Aber die besonders Schlauen«, er verzog verächtlich die Lippen, »müssen natürlich gleich voll zulangen. Und wenn ich den Stoff nicht liefere, dann tun das eben andere.« Er lächelte herablassend. »Wollen Sie jetzt vielleicht die Polizei verständigen?«

»Eher ließe ich mir die Kehle durchschneiden«, flüsterte MacHinery. »Alles, nur das nicht. Nicht um alles in der Welt würde ich zur Polizei gehen.«

»Ich weiß«, nickte Ah Wong gelangweilt. »Ach, da kommt es ja schon.« Ein Bediensteter trat auf den Tisch zu und stellte eine Kiste mit Gemüse darauf ab.

»Blumenkohl?« fragte MacHinery begriffsstutzig.

»Bester Bandung«, stimmte ihm Ah Wong zu. Er nahm einen Kopf aus der Kiste, schlitzte vorsichtig mit einem Messer das Herz auf, zog ein Tütchen aus Zellophan heraus und schüttete daraus etwas weißes Pulver in MacHinerys zitternde Hand. »Versuchen Sie mal.«

MacHinery steckte seine Fingerspitze in das weiße Pulver, um daran zu lecken. Er schmeckte, schmeckte noch einmal und stieß dann mit angehaltenem Atem hervor: »Gütiger Gott. Das ist ja... das ist ja absolut erstklassiger Stoff! Und... und so schaffen Sie das Zeug nach Singapur?«

»Schon seit Jahren«, nickte Ah Wong bedächtig. »Ein ganz normaler Blumenkohl, das Herz sorgfältig geteilt, das Heroin versteckt, und dann noch Schellack drüber, um den Stiel wieder zusammenzuhalten. Und so bringen wir das Zeug dann kistenweise hier herüber. Dreimal haben die Leute vom Zoll die *Grasshopper* von oben bis unten durchsucht – aber wer dächte dabei schon an den Blumenkohl?«

»Zum Teufel mit dem verdammten Blumenkohl«, keuchte MacHinery. Seine Stimme war brüchiger, seine Hände zitterten mehr denn je. »Machen Sie mir, um Himmels willen, den Stoff schon zurecht!«

Ah Wong verschwand mit einem Nicken im Bad, um nach einer Minute mit einem kleinen Reagenzglas zurückzukehren, das eine milchige Flüssigkeit enthielt. Er nickte in Richtung auf die Spritze, die auf dem Tisch lag. »Ihre Medizin, Mister MacHinery.«

»Seien Sie doch so gut, und ziehen Sie mir die Spritze auf«, flehte MacHinery. »Meine Hände…«

»Etwas unstet, wie man sieht«, nickte Ah Wong. Dann nahm er die Spritze vom Tisch, drückte den Kolben nieder und tauchte die Nadel in die Flüssigkeit in dem Reagenzglas. »Ich würde sagen, das genügt, Mister MacHinery?«

»Ja, ja, ist ja schon gut.« MacHinery griff nach der Spritze, um dann jedoch nach kurzem Zögern hervorzustoßen: »Weiß Gott, ich bin nur ein mieser Fixer, aber trotzdem habe ich immer noch meinen Stolz. Das… das Bad. Mir wird schon wieder übel.«

»Und mir wird langsam von Ihnen übel«, erklärte Ah Wong leidenschaftslos. »Gehen Sie schon.«

MacHinery stürzte ins Bad, zog erneut die Klospülung und zog dann die Jalousie hoch, um die Spritze aus dem Fenster zu halten. Im selben Augenblick stürzten aus dem Kombi auf der anderen Straßenseite fünf

Männer. MacHinery zog nun seinen Arm wieder zurück und legte die Spritze vorsichtig auf das Fenstersims. Nachdem er zwanzig Sekunden gewartet hatte, trat er wieder in Ah Wongs Wohnraum. Im selben Augenblick flog krachend die Wohnungstür auf, und die fünf Männer aus dem Kombi, uniformierte Polizisten mit Schußwaffen, stürzten in den Raum. MacHinery nickte in Richtung John.

»Paßt auf den Gorilla auf«, warnte er. »Falls er auch nur mit einer Wimper zucken sollte, pumpt ihn auf der Stelle mit ein paar Kugeln voll. Aber nicht auf den Kopf zielen – dort würden sie nämlich abprallen.«

Mit unergründlichem Gesichtsausdruck stand Ah Wong reglos in der Mitte des Raums. Nach einer Weile fragte er ruhig: »Was soll eigentlich dieser ganze Aufruhr?«

»Ich bin Inspektor Hanbro«, stellte sich der Anführer des Polizeiaufgebots vor. »Ich erkläre Sie hiermit für verhaftet, Mr. Wong. Und zwar wegen Entgegennahme, illegalen Besitzes und Verteilung anerkanntermaßen verbotener Betäubungsmittel. Ich bin verpflichtet, Sie darauf hinzuweisen...«

»Was soll dieser Blödsinn?« Ah Wongs Miene wurde noch unergründlicher, soweit dies überhaupt möglich war. »Was sagen Sie da? Betäubungsmittel?«

»Ja, ganz richtig. Betäubungsmittel habe ich gesagt.« Hanbro wandte sich MacHinery zu. »Dieser Herr wird bezeugen...«

»Dieser Herr!« Ah Wongs Miene verzog sich verächtlich. »Dieser heruntergekommene schottische Schiffsingenieur...«

»Witzigerweise war er tatsächlich einmal Schiffsingenieur«, erklärte Hanbro. »Und Schotte ist er immer noch, wenn auch wohl kaum heruntergekommen. Allerdings hat er schon vor Jahren den Beruf gewechselt. Mister Wong, darf ich vorstellen – Inspektor Donald MacHinery von der Sittenpolizei Hongkong, für einen... äh... Sondereinsatz nach Singapur abkommandiert. Die Gesichter meiner eigenen Leute sind inzwischen ja leider schon stadtbekannt.«

»Sie können ihn abführen, Inspektor Hanbro«, ordnete MacHinery müde an. »Ich möchte nicht wissen, wie viele zerstörte Leben und Selbstmorde auf das Konto dieses Mannes gehen, wobei es darauf inzwischen auch gar nicht mehr ankommt. Wir haben genügend gegen ihn vorliegen, um ihn bis an sein Lebensende hinter Gitter zu bringen.«

»Ich bin in jeder Hinsicht unschuldig«, erklärte Ah Wong stumpf. »Als einer der wichtigsten Kaufleute und einflußreichsten Bürger dieser Stadt werde ich...«

»Halten Sie den Mund«, schnitt ihm MacHinery das Wort ab. »Sie haben übrigens vollkommen recht, Mister Wong. Ihr früherer Kurier, der ehemalige Ingenieur der *Grasshopper*, war tatsächlich das schwache Glied. Eines Abends hat er in Djakarta einen über den Durst getrunken und dann auch noch im Beisein eines Zivilbeamten zu viel geredet. Gerade genügend, um uns einen Anhaltspunkt zu geben, aber nicht mehr. Uns war auch klar, daß wir weiter nichts mehr aus ihm herausbekommen würden – Leute, die in Ihren Geschäftskreisen reden, überleben in der Regel nicht einmal den Anbruch des nächsten Tages. Also ließen wir den Kerl laufen, während ich mich im Hafenviertel als versoffener und rauschgiftsüchtiger Schiffsingenieur einführte. Und als dann der richtige Zeitpunkt gekommen war, nahm die Polizei von Djakarta Ihren Freund fest und zog ihn für eine Weile aus dem Verkehr, so daß ich, der ideale Ersatzmann, auf der Szene in Erscheinung treten konnte. Ihr Freund Benabi hat sich also keineswegs als besonders gerissen erwiesen.«

»Sie können mir nicht das geringste beweisen. Sie können...«

»Wir können alles beweisen. Nach zehn Jahren in Hongkong spreche ich mindestens so gut Kantonesisch wie Sie – wenn nicht sogar besser. Armenier haben bekanntlich mit gewissen Lauten ihre Schwierigkeiten. Ja, Armenier, Mister Wong. Wir wissen alles über Sie. Ich habe gehört, wie Sie die Nummern auf der Frachtliste an Ihr Lager durchgegeben haben – sie werden genau mit den Nummern auf den Kisten übereinstimmen.«

»Um das zu beweisen, steht nur Ihr Wort gegen...«

»Vorsichtshalber hat die Polizei Ihre Telefonleitung angezapft.«

»Auf diese Weise gewonnenes Beweismaterial erweist sich vor Gericht als...«

»Außerdem«, fuhr MacHinery unerbittlich fort, »ist jedes Wort unserer Unterhaltung der Nachwelt erhalten. Die untere Hälfte meiner Reisetasche enthält ein hervorragendes Aufnahmegerät, kann ich Ihnen versichern. Zudem werden die Nummern, die Sie auf der Frachtliste abgehakt haben, mit den Nummern der Kisten übereinstimmen, die aus Ihrem Lager abgesondert werden. Graphitproben werden ergeben, daß diese Eintragungen mit dem Bleistift, der hier auf dem Tisch liegt, gemacht wurden und daß Sie ihn als letzter in der Hand gehabt haben. Was den Siegelring betrifft, von dem nur Sie und Benabi ein Exemplar besitzen – kein fernöstlicher Gerichtshof wird die Beweiskraft dieses

Umstands in Frage stellen. Und diese Kiste da, die mitten in Ihrer Wohnung steht, jeder Blumenkohlkopf voller Heroin – wie wollen Sie das aus der Welt schaffen? Guter Mann, dabei würde schon das Beweismaterial in Ihrem Bad genügen, um Sie lebenslänglich hinter Gitter zu bringen! Eine Spritze mit Heroin, und der Glaskolben übersät von Ihren Fingerabdrücken.«

»Sie sind doch selbst süchtig.« Ah Wongs Stimme war nur noch ein betäubtes Flüstern. »Rauschgiftsüchtige können vor Gericht keine gültigen Aussagen abgeben. Ich… ich kenne doch alle Symptome. Sie…«

»Symptome?« MacHinery grinste. »Zu zittern habe ich bereits aufgehört, wie Sie selbst sehen können. Und sobald ich die drei Pullover unter meinem Hemd ausgezogen habe, werde ich auch zu schwitzen aufhören. Und das bleiche Gesicht – schon mal was von Make-up gehört? Und die Fixeraugen – wußten Sie nicht, daß Paprika denselben Effekt hervorruft?«

»Aber Ihre Arme«, stieß Ah Wong verzweifelt hervor. »Sehen Sie doch selbst! Übersät von Einstichstellen. Wie…«

»Eine zugespitzte und sterilisierte Stricknadel, in Anilinfarbstoff getaucht. Ich würde Ihnen allerdings nicht raten, das selbst mal zu versuchen, Mister Wong. Diese Prozedur ist nämlich verdammt schmerzhaft!«

 **HEYNE BÜCHER**

ALISTAIR MACLEAN

Der Großmeister der Spannungsliteratur mit Niveau

01/411 - DM 6,80

01/685 - DM 6,80

01/944 - DM 6,80

01/956 - DM 5,80

01/5034 - DM 6,80

01/5148 - DM 6,80

01/5192 - DM 6,80

01/5245 - DM 6,80